FVA

Julia Wolf

ALLES IST JETZT

Roman

FRANKFURTER VERLAGSANSTALT

FSC
MIX
Papier
FSC® C014496

Lektorat: © Frankfurter Verlagsanstalt
Herstellung und Umschlaggestaltung: Laura J Gerlach
Satz: psb, Berlin
Druck und Bindung: GGP Media GmbH, Pößneck
Printed in Germany
ISBN 978-3-627-00211-4

EINS

Über mir wiegen sich Maiskolben im Wind. Ich liege auf der Erde, mein Nachthemd ist klamm, meine Füße schmerzen vor Kälte. Es raschelt im Feld, und das Gesicht meiner Mutter taucht auf, in ihren Augen stehen Tränen. Ihr Mund ein kleines Tier auf meinen Wangen, feuchte Küsse, ein Flüstern: Da bist du ja, da bist du ja.

Stunden sind vergangen, Lichtjahre, noch ist Ingrid sehr weit weg.
Ich liebe dich, schreit es von irgendwoher.
Ingrid stürzt und ist wach. Um sie herum ist es dunkel. Ingrid hat die Decke über den Kopf gezogen, liegt in einer Höhle aus Atem und Herzschlag. Sie liegt unter der Decke und horcht, Ingrid atmet. Im Flur geht der Schlüssel im Schloss.
Hallo?
Ingrid kennt die Stimme, sie kennt die Frau, die in den Flur tritt, die Hand an der Klinke. Das ist Jenny. Ingrid weiß, Jenny steht dort mit geröteten Wangen, in ihrer eigenen Höhle, einer Glocke aus Atem und kalter Luft. Jenny steht da und wartet. Als eine Antwort ausbleibt, versetzt sie der Wohnungstür einen Stoß. Das Linoleum knarrt, Igitt, hört Ingrid Jenny sagen. Jetzt hat sie einen Blick in die Küche geworfen. Ingrid hört Jenny seufzen, sie hört, wie Jenny den Mantel ablegt, das Wasser aufdreht, anfängt, mit Putzzeug, Geschirr zu hantieren. Es klappert und

scheppert und rauscht aus der Küche, aus dem Radio ertönt Weihnachtsmusik. Ingrid liegt still, stellt sich vor, wie das Weiß ihrer Augen im Dunkel leuchtet. Nach einer Weile dreht Jenny Radio und Wasser ab, ihre Schritte nähern sich dem Bett. Jenny lässt sich auf der Bettkante nieder. Ingrid bemerkt erst jetzt den Luftzug an ihrem Bein, ihr Knie ragt unter der Decke hervor. Jennys Finger malt Kreise auf Ingrids Knie, kleine, drängende Kreise, das kitzelt. Ingrid bewegt sich trotzdem nicht.

Du Faulpelz, sagt Jenny, nun steh doch mal auf! Und als das nichts hilft, Ey! Mann!, zieht Jenny Ingrid die Decke weg. Darunter Ingrid, weder ausgezogen noch abgeschminkt, Ingrid ziemlich verknittert. Das regt Jenny auf: Deine Haut muss doch atmen können, so! ruinierst du dein Kleid! Ingrid verknittert, stocksteif, wartet ab. Jenny über Schönheit und Schlaf, über Gesundheit und ein wenig Ordnung. Ihre Worte prasseln auf Ingrid nieder (Dialekt, ein warmer Sommerregen ist das). Jenny redet, bis nichts mehr zu sagen ist. Dann sagt sie:

Die Katze hat in die Küche gekackt.

Das weiß Ingrid. Sie war heute schon einmal wach, vor ein paar Stunden stand sie mit einem Glas Orangensaft in der Hand in der Küche, den Blick auf ein braunes, gezwirbeltes Etwas am Boden gerichtet. Die Katze saß blinzelnd daneben. Vor ein paar Stunden war Ingrid noch nicht bereit für diesen Tag, sie ist es auch jetzt nicht, doch Jenny kennt keine Gnade.

So ein Katzenklo, erklärt sie, das muss man ab und zu auch mal säubern. Ein reinliches Tier wie die Katze geht auf kein schmutziges Klo.

Reinliches Tier, denkt Ingrid unter zitternden Lidern verächtlich. Sie stellt sich tot, Sekunden verstreichen.
Hör mal, sagt Jenny dann, ich hab nicht viel Zeit.
Wenn das so ist, Ingrid beendet das Spiel. Sie sieht Jenny an, öffnet den Mund, ein einziges Wort kommt heraus: Kaffee.
Jenny, gute Jenny, zieht es vor, sich am Ton nicht zu stören. Sie deutet Ingrids Befehl einfach als Bitte: Steh endlich auf, dann kriegst du auch Kaffee.

Aus dem Badezimmerspiegel blickt Ingrid eine Krähe entgegen. Sie dreht das Wasser auf, der Spiegel beschlägt, die Krähe verschwindet im Dampf. Ich liebe dich, sagt Ingrid ins Nichts.

Nackt und geduscht kehrt Ingrid wenig später ins Zimmer zurück. Jenny sitzt auf dem Sofa und summt. Das ist eine Marotte von ihr, Jenny summt oft vor sich hin. Keine Melodie, eher ein Säuseln, wie Wind. Ein leichtes Vibrieren im Brustkorb, im Kopf. Es beruhigt Jenny, beruhigt auch die Katze, die auf ihrem Schoß sitzt und schnurrt. Jenny blättert in einer Zeitschrift.
Auf dem Tisch steht eine Tasse Kaffee. Ingrid hakt den Finger in den Henkel der Tasse, führt die Tasse zum Mund. Sie blickt aus dem Fenster. In der Wohnung auf der anderen Straßenseite läuft der Fernseher, ein blaues Leuchten. Im Fenster brennt eine Lichterkette. Zwischen Brennen und Leuchten, zwischen Gelb und Blau, in der Glasscheibe irgendwo Ingrid, Gespenst. Hinter ihr hört Jenny zu summen auf. Wie war deine Nacht?

Ingrid zuckt mit den Schultern, Ich weiß nicht, ich glaube, okay. Jennys Nacht hingegen war, Puh, das ging bis halb neun, dann hat sie die letzten Gestalten nach Hause geschickt.
Das Summen setzt wieder ein, dazu knistert Papier, Jenny hat umgeblättert. Ingrid überkommt Müdigkeit, mit einem Mal ist Ingrid so müde, dass sie die Tasse nur mit Mühe noch halten kann. Ingrid starrt aus dem Fenster und versucht sich zusammenzureißen. Jenny mag es nicht, wenn Ingrid so müde ist, das macht Jenny traurig. Jenny hat ein Buch über griechische Götter gelesen, und laut diesem Buch sind der Schlaf und der Tod miteinander verwandt. Es gab eine Zeit, in der bewachte Jenny Ingrid, während sie schlief. Jenny sah Ingrid beim Schlafen zu und war sich nicht sicher, ob Ingrid noch lebt. Das war, als sie sich kennenlernten. Als Jenny Ingrid fand, war Ingrid sehr müde, tage- und wochenlang lag sie auf Jennys Sofa und wollte nicht aufstehen.
Ingrid stellt die Tasse ab und geht hinüber zum Schrank. Sie wühlt in einer Schublade nach einer Strumpfhose und kann die Augen kaum offen halten, so müde ist sie.
Das Summen reißt wieder ab.
Machen wir jetzt Bescherung?, fragt Jenny vom Sofa. Sie legt die Zeitschrift beiseite. Ingrid zögert einen Moment lang, dann sagt sie: Ach Gott. Oder irgendwas in der Art. Vielleicht sagt sie auch gar nichts, sie hat eine Strumpfhose gefunden, steht auf einem Bein, das erfordert Konzentration.
Du hast kein Geschenk für mich, stellt Jenny fest.
Ich liebe dich, sagt Ingrid, balancierend, über die Schulter.

Es gerät etwas zu scharf, selbst für Jennys Geschmack. Oh Mann, sie schnappt nach Luft: Ich möchte mal wissen, warum du so verdammt schlechte Laune hast.

Ingrid wechselt das Standbein, Ich, nein, wieso schlecht. Welche Laune. Sie rollt die Strumpfhose hoch, richtet sich auf. Ingrid stemmt die Fäuste in die Hüften, bevor sie sich umdreht. Sie steht da, große Nackte, unten Nylon, oben ohne, dazu nasses, nach hinten gekämmtes Haar. Ingrid versucht, entschlossen zu gucken, sie weiß, Jenny mag das.

Du bist wirklich selten mies drauf, seufzt Jenny und starrt Ingrids Brüste an: Dabei habe ich dir Kaffee und so. Jennys Augen groß und traurig, es tut Ingrid leid. Sie geht zu Jenny hinüber, möglichst entschlossen, sie beugt sich zu ihr hinab. Zwei Gesichter strecken sich Ingrid entgegen, ein kleines, ein großes, über zwei Paar Augen senken sich Lider. Jenny küsst Ingrid, die Katze stupst ihr die feuchte Nase gegen das Kinn.

Ich liebe dich, flüstert Ingrid, aber das ist auch wieder falsch.

Du Arsch, sagt Jenny und öffnet die Augen. Die Katze tut es ihr gleich. Dieser Blick. Jenny wird nicht schnell sauer, aber wenn sie mal sauer ist. Und sie hat ja auch recht. Ein Geschenk zu Weihnachten, eins zum Geburtstag, das darf man, das darf Jenny erwarten. Zwei Geschenke im Jahr sind nicht zu viel verlangt, wenn man sich liebt. Ingrid blickt in Jennys Augen und stellt sich vor, wie sie losrennt, kurz vor Ladenschluss noch eine Flasche Champagner ergattert, wie sie Jenny schnell einen Gutschein schreibt, für einmal essen gehen. Während Ingrid noch überlegt,

wie sie die Bescherung retten kann, hat Jenny schon eine Idee. Sie schubst die Katze vom Schoß, umfasst Ingrids Hüfte. Ihre Daumen schieben sich unter die Strumpfhose.
Ach. Ach so. Ach, so einfach ist das?
Jenny nickt, ganz einfach, manchmal.

Es könnte perfekt sein. Versöhnung, wo gar kein Streit war. Ein Schmatzen und Seufzen, ein Rascheln der Kissen, so schön. Wenn Gordan nicht wäre. Der hat einen Schlüssel zu Ingrids Wohnung, also, der wohnt da. Fürs Erste, nicht lang. Gordan platzt rein. Im roten Kostüm. Steht breit, grinsend unter dem Rauschebart, in der Tür. Brüderchen als Väterchen, Ingrid dachte, er sei bei einem Auftritt im Kaufhaus, aber nein.
Hab was vergessen, sagt Gordan und rührt sich nicht von der Stelle. Guckt einfach nur, wie Ingrid und Jenny, ineinander verschlungen, Arme und Beine und Nylon, sehr hübsch. Jenny und Ingrid wie aus einem Mund: Was willst du?
Gordan deutet zum Tisch: Die Glocke.
Ingrid hebt die Augenbraue, Gordan soll sich gefälligst beeilen, soll holen, weswegen er stört. Gordan setzt sich in Bewegung, in Zeitlupe läuft er zum Tisch. Indes zieht sich Jenny rasend schnell an. Sie mag nicht von ihm angesehen werden, nicht so und nicht anders: Glotz nicht so blöd, du saublöder Penner!
Gordan schnappt sich die Glocke. Gordan bimmelnd vom Tisch wieder zur Tür, Habe die Ehre!, und raus.
Es herrscht nur kurz wütende Stille, dann steht Jenny mit

erhobenen Händen mitten im Zimmer. Warum, Ingrid, sag mir, warum?
Ingrid auf dem Sofa legt den Kopf in den Nacken, sie haben dieses Gespräch schon so oft geführt: Er ist mein Bruder, Jenny, darum.
Jennys Hände erschlaffen, sie muss jetzt auch los, ihre Eltern warten bestimmt schon auf sie. Kein letzter Blick, kein Kuss, keine Kreise auf Ingrids Knie, nur das Knallen der Tür.

Am selben Abend, Heilige Nacht. Ingrid läuft die Straße entlang, die Handtasche baumelt, Ingrid trägt ein billiges Kleid, einen billigen Mantel, ein kunstseidenes Mädchen ist sie, das zur Arbeit geht. Vor dem Klub steht Graziella auf einer Leiter, sie hält eine riesige rosafarbene Schleife aus Plastik über dem Kopf. Edgar, Zigarette im Mundwinkel, blickt zur Chefin hinauf, er hält die Leiter. Als Ingrid bei ihnen angelangt ist, hat Graziella die Schleife über der Tür angebracht.
Frohe Weihnachten, sagt Ingrid, und: Schöne Schleife. Edgar zuckt mit den Schultern, einer wie er hat keine Meinung zu Rosa. Graziella verkündet: Das Ding ist verdammt schwer, auch wenn's nicht so aussieht. Graziella ist stark. Sie betrachtet ihr Werk, die schwere rosa Schleife über der Tür, dann steigt sie die Leiter hinab. Ihr Po nähert sich Edgars Gesicht. Edgar zieht eine Grimasse, als fürchte er den herannahenden Po. Er lässt die Leiter los, tritt zurück, zwinkert Ingrid hinter dem Rücken der Chefin zu. Graziella merkt nichts, sie lässt sich nichts anmerken, sie geht voran, Ingrid folgt ihr.

Im Innern des Klubs werden aus zwei Frauen viele, zig Münder und Blicke und Beine, Graziella und Ingrid sind umgeben von Spiegeln. In der Mitte des Raums ein Podest, eine Diskokugel hängt drüber. Noch dreht sich hier nichts, noch wurde das Licht nicht gedämpft. Räudiger Plüsch, mit Samt ausgeschlagene Ecken. Über der Bar der Schriftzug, in dem schon mehr als ein Lämpchen, Buchstabe fehlt.

Irgendwo hinter den Spiegeln kauert Mona über einem Strich Koks, sie ruft einen Gruß. Draußen klappert Edgar noch mit der Leiter. Graziella durchquert stampfenden Schrittes den Raum, verschwindet zwischen den Spiegeln. Ingrid zieht ihren Mantel aus und steht da in der funkelnden Pracht ihres paillettenbesetzten Kleides. Den Job hat Jenny Ingrid besorgt. Es war ein Zufall, dass Jenny Graziella begegnet ist, auf dem Heimweg im Morgengrauen, in Kemals Kiosk. Zwei Frauen vom gleichen Schlag, die mussten sich nur kurz beschnuppern, dann haben sie zusammen Mokka getrunken und Zigaretten geraucht. Jenny hat Graziella von einem Mädchen erzählt, das dringend Arbeit sucht.

Fürs Erste, hat Jenny gesagt und Ingrid mit blauen Augen angesehen, wird es schon gehen. Wohl war Jenny nicht bei der Sache, sie wollte das Beste für Ingrid. Dem Mädchen hingegen war alles egal, Ingrid war gerade mal zwanzig und unendlich müde. Jahre später leert Ingrid immer noch Aschenbecher. Ingrid leert und fegt, sie wischt und schrubbt, schleppt Fässer und schneidet Limetten, weil sie dafür bezahlt wird. Die Arbeit im Klub, das ist Ingrids Job, das hat nichts mit ihr zu tun.

Während Ingrid ihren Tresen herrichtet, laufen die anderen ein. Sie vollziehen Graziellas Gang, benötigen zehn bis zwölf Schritte vom Vorhang zur Tür zwischen den Spiegeln, Hey Ingrid –
Hey.
Mike und Kathi, dann Dean. Als Letzte schlüpft Olga herein.
Alle sind da, und nichts passiert. In Ingrids Glas zischelt die Kohlensäure. Ingrid raucht in aller Ruhe, sie ist bereit. Das Licht wird gedämpft, die Diskokugel beginnt sich zu drehen, Graziella tritt zwischen den Spiegeln hervor. Also dann. Musik erklingt.
Nach einer Weile kommt Edgar von draußen herein. Edgar mit Ringen unter den Augen und abgebrochenem Schneidezahn setzt sich an den Tresen zu Ingrid. Was ist der Unterschied, Edgar macht einen Scherz, den keiner hören will. Was ist der Unterschied, Edgar liefert die Antwort gleich selbst. Ingrid lacht. So ist das zwischen den beiden, Edgar macht einen Scherz, den keiner hören will, und Ingrid lacht. Graziella lacht nicht, Graziella wirft Edgar einen Blick zu, Was hast du eigentlich hier drinnen verloren? Edgar trollt sich, um vor der Tür Männer zu locken, Wie wär's? Ganz heiße Hasen, die wildesten Hengste, Bienen und Miezen, treten Sie ein!
Ingrid hinter ihrem Tresen schließt kurz mal die Augen, passiert ja noch nichts. Die Strahlen der Diskokugel gleiten über ihre Lider hinweg, Lichttupfen, Sommerlaub, das ist lange her, viele Nächte, die alle eine waren. Ingrid denkt nicht an diese Nächte, sie sind einfach da, wenn sie die Augen schließt.

Verdammt, Ingrid, Kundschaft! Graziella schüttelt verärgert den Kopf. Edgar führt eine Gruppe Abiturienten herein. Die Herren wollen ihr Weihnachtsgeld ausgeben, das in einem Briefumschlag unter dem Baum lag, neben Elektronik und Sportklamotten, was man eben so schenkt. Die Herren sind Jungs, nur wenige Jahre jünger als Ingrid (sind nur ungefähr einhundert Jahre jünger als Ingrid). Sie kommen aus gutem Hause, das erkennt Ingrid sofort. Da lugt mal ein Hemdzipfel raus, die teure Hose hängt tief. Ingrid kennt diese Jungs, sie ist mit ihnen zur Schule gegangen, fast wäre sie einer von ihnen geworden. Wenn nicht, ja, was eigentlich? Die Jungs erkennen Ingrid jedenfalls nicht, die sehen nur das Kleid. Ingrid hat sehr schöne Arme, das Licht steht ihr gut. Komplimente, die Jungs wissen, ihnen gehört diese Welt, sie spucken ihre Dummheiten auf Ingrids Tresen.
Achtundzwanzig achtzig, sagt Ingrid und lächelt. Das sind neun Schnäpse, neun kleine Schnäpse, ihr Zwerge. Mehr gestattet sich Ingrid nicht, nur das: ihr Zwerge. Und auch das nicht laut, sondern ganz leise, ohne Worte vielleicht. Mit einem Lächeln.
Die Show beginnt. Mona stakst auf die Bühne, Stilettos, sie nimmt auf spitzen Pobacken Platz. Klappt ohne Umschweife vor den Jungs ihren Leib auseinander. Kein Raunen, ein Schnaps, ein alltäglicher Anblick. Mona wälzt sich, Ansicht von hinten. Mike tritt heran, der von Edgar gepriesene, unermüdliche Mike. In Latzhose, darunter glänzende, ölige Haut. Mikes Hand landet klatschend auf Monas Po. Ein kurzer Wortwechsel, Rollenspiel, dann geht es los. Mike lässt den Latz herunter. Kein Raunen,

neun Zwerge verschränken die Arme. Mike kennt diesen Moment, er genießt ihn, hält seinen Schwanz in den Raum. Mona bittet und bettelt, Mike packt ihren Schopf. Ingrid betrachtet Mikes Hintern, die Grübchen, die sich rhythmisch vertiefen.
Es wandern noch einige Schnäpse über den Tresen, ohne dass Ingrid Trinkgeld kassiert. Olga hat gar nicht erst angefangen zu arbeiten, es lohnt heute nicht. Olga sitzt neben Graziella, die beiden rauchen in grimmigem Einvernehmen: Das schafft die Ingrid heute auch mal alleine. Auf der Bühne Kathi kopfüber, die Schenkel neben den Wangen. Dean versucht, den Schemel, der Kathi ist, zu besteigen, aber der wackelt, der kippt, fast fällt Kathi um. Noch einmal. Dean hat Konzentrationsschwierigkeiten, mit hastiger Hand hilft Kathi nach. Das Publikum verzeiht so etwas nicht, das haben die Abiturienten schon besser gesehen. Sie ziehen weiter. Bevor Dean sich wieder fängt, ist das Rudel zur Tür hinaus. Nur einer bleibt zurück, als sei er plötzlich nicht sicher, zu wem er gehört. Vor dem schwarzen Samtvorhang hält er inne, er dreht sich um. Sein Blick gleitet durch den Raum, über den ins Schwitzen geratenen Dean, über Kathi, die sich mit einer gereizten Bewegung das Haar aus der Stirn streicht. Der Junge schaut Ingrid an, und in seinem Blick ein Bruchteil von etwas, Gedanke, Erkenntnis, dann verschwindet auch er durch den Vorhang.

Zwischen den Spiegeln ein Gang, am Ende des Gangs eine Tür, in der Tür Licht. Ingrid tritt vom Dunkel ins Licht, in den Rauch. Ein runder Tisch, eine Lampe darüber. Mona, die eben noch nackt war, trägt Nicki, dreht einen Joint. Mike, mit blanker Brust, isst eine Banane. Kathi steht über den Tisch gebeugt, sie verteilt Schnapsgläser, Schokoküsse. Edgar macht einen Scherz, über den Kuss und seine Bezeichnung, typisch Edgar. Ingrid lacht, aber Kathi versetzt Edgar einen Klaps auf den Hinterkopf. Etwas zu fest, Edgar spuckt Schoko und Schaum auf den Tisch. Graziella schüttelt verärgert den Kopf. Jedem was Süßes und Schnaps für alle, mit einem lilafarbenen Lappen wischt Graziella die Pampe weg. Edgar lacht auch schon wieder, er klopft auf den Stuhl neben sich. Ingrid nimmt Platz. Edgar hat Weißes im Mundwinkel, Ingrid sieht es und sagt nichts. Sie hört seine Stimme, riecht seinen Atem, seinen süßlichen Atem. Ingrid blickt hinab, auf ihre Hände im Schoß. Wie tote Tauben, als würden sie schon lange dort liegen. Als seien sie einfach vom Himmel gefallen.

Ingrid spürt einen Blick und schaut hoch. Einen Moment lang stimmt etwas nicht. Graziella atmet laut aus, Dean hebt die Brauen, und Kathi schmunzelt. Da versteht Ingrid: über dem Tisch, unter der Lampe, die Fäuste der anderen, mit Gläsern darin. Und auch Ingrids Hand erwacht, greift nach dem Glas, steigt in die Höhe. Durch den Dunst blickt Ingrid in Olgas helles, fernes Gesicht. Olgas Lippen formen ein Wort, Olga spitzt den Mund wie zum Kuss.
Prost, hört Ingrid sie sagen.

ZWEI

An der Zimmerdecke ein Fleck, die Form von Afrika. Wie in aller Welt und was und wo? Gordan rumpelt im hinteren Teil des Zimmers, sucht was, versteckt was, bei dem weiß man nie. Afrika, Ingrid schließt wieder die Augen. Fußballspieler joggen durch eine Wüste, trainieren die Kondition. Ingrid stöhnt: Kannst du mal aufhören, was machst du denn da?

Das Rumpeln verstummt. Ingrid öffnet die Augen und erblickt Gordans Zähne, das Kinn. Sein Grinsen schwebt über ihr: Würd mich nicht wundern, wenn ich mir's im Kreuz hole. Schon wieder?, Ingrid ist schlecht. Gordan nickt, er kennt das schon lange. Als Ingrid klein war und er um einiges größer, hat er sie nachts immer eingesammelt. Wenn er nach Hause kam und sie nicht im Bett lag, ging er sie suchen. Holte sie unter Tischen und Treppen hervor, trug sie zurück in ihr Zimmer. Letzte Nacht hat er sie im Badezimmer gefunden, zusammengerollt in der Dusche. Gordan schultert das Schwesterchen, es gibt Dinge, die ändern sich nie. Nur dass sich Gordan heute beschwert: Alle naselang schleppe ich sechzig Kilo Lebendgewicht durch die Welt. Neunzig, murmelt Ingrid, neunzig und halbtot. Halbtotgewicht, sie fühlt sich schwer. Die Fußballer trampeln durch ihren Kopf, Stollenschuhe, Trikots in kreischenden Farben.

Du bist wach, das ist gut, sagt der Bruder. Was ist gut, Ingrid würgt an den Worten, ich glaub, ich muss kotzen. Doch Brüderchen verweigert Ingrid den Eimer: Du musst nicht mehr kotzen, du hast schon drei Mal gekotzt. Genug gekotzt, genug geschlafen, jetzt bist du wach. Wir müssen los.

Los, wohin? Ingrids Herz rast, los, Gordan, wohin? Nur weil du findest, es habe sich ausgekotzt, hat es sich noch lange nicht ausgekotzt, denkt Ingrid. Augen zu, Augen auf, klipp klapp, ein Runzeln auf Gordans Stirn. Es ist so, Gordan spart sich das Rumgedruckse, der rückt gleich mit der Sprache raus: Gabriele wartet auf uns.

Ha!, wenn Ingrid nicht kotzen darf, lacht sie, Ha!, die Decke über den Kopf, Ingrid verschwindet im Inneren des Berges. Von draußen hört sie die lockende Stimme des Bruders: Komm schon, Gabi will kochen, sie freut sich auf uns.

Als Ingrid nichts sagt, nur lacht unter der Decke, wird Gordan streng. Ingrid soll sich bitte schön nicht so anstellen. Wir fahren hin, essen zu Abend und gehen wieder. Ingrid schlägt die Decke zurück: Das ist nicht dein Ernst.

Eine Situation aus einem Western, Hände am Holster, Blicke wie Schüsse. Nur dass Gordan steht und Ingrid liegt, das ist ein klarer Vorteil für Gordan. Er weiß ihn zu nutzen.

Sie ist unsere Mutter, sagt er. Ein Appell an die Ehre, ans Blut. Vorgetragen mit Autorität, von oben nach unten, von Bruder zu Schwester. Ingrid gibt sich geschlagen. Ihr Blick kippt in den Spiegel, der neben dem Bett an der Wand lehnt. Sie entdeckt sich darin, zerzaust und verquollen. Entdeckt ihre Mutter, die mitten am Tag im Bett liegt, mitten im Sommer unter Daunen vergraben, Sei lieb, lass mich schlafen. Denkt schnell an etwas anderes und bemerkt einen Umschlag, der im Rahmen des Spiegels steckt.

Ingrid steht auf, nimmt den Umschlag. Wolkige Buchstaben, für Ingrid von Jenny, in Liebe. Jenny muss noch einmal zurückgekommen sein, letzte Nacht. Ingrid stellt sich die Freundin vor, betrunken, im Taxi, die Mutter hat ihr Reste des Bratens in Plastikdosen verpackt. Jenny, die Tüte mit Braten, Geschenken auf ihrem Schoß, ist froh, dass sie den Abend hinter sich hat. Sie war nett zu ihren Schwestern, nett auch zu ihren Eltern, jetzt ist sie erschöpft. Sie hat Sehnsucht nach Ingrid. Das Geschenk fällt ihr ein, sie hatte sich so gefreut, es Ingrid zu geben. Jenny lehnt sich zum Fahrer, Wissen Sie was? Ein kleiner Umweg. Ingrid stellt sich vor, wie Jenny die Stufen zu ihrer Wohnung hochsteigt, während unten das Taxameter läuft.

Was ist jetzt?, fragt Gordan. Er steht in der Tür, hat die Jacke schon an.

Ja, ja. Ingrid steckt den Umschlag an den Spiegel zurück. Nerv nicht, ich komme.

Die Regionalbahn tingelt durch die Stadt und über die Käffer. Gordan tippt auf seinem Handy herum. Ingrid legt den Kopf an die Scheibe, schläft sofort ein. Als sie die Augen wieder aufschlägt, steht Gordan schon, er reicht ihr ein Kaugummi, Wir sind da.

Sie steigen als Einzige aus, der Bahnsteig ist menschenleer,

Lichtkegel und Mülleimer, sie treten am Fahrkartenautomaten vorbei auf die Straße. Gordan hält Ausschau, kein Auto in Sicht. Ich hab ihr gesagt, dass sie uns abholen soll.

Ingrid schlingt die Arme um ihren Körper, tritt von einem Bein aufs andere, Ingrid ist nicht überrascht.

Und jetzt?

Taxi?

Hast du Geld?

Keinen Cent.

Sie laufen los, quer über den Supermarktparkplatz, am Sportfeld vorbei, durch die Siedlung. Wohnzimmer wie Schaukästen zeigen Menschen an Tischen, Bäume und Krippen, festliche Lichter.

Guck mal, die Webers, sagt Gordan. In einem der Schaukästen Sebastian, der früher in Gordans Klasse war. Sebastian mit den großen Ohren, der sich als erster Junge an der Schule die Haare lang wachsen ließ und sie als erster auch wieder abschnitt. Er sitzt auf dem Sofa, neben ihm eine Frau, in den Armen ein Baby. Sebastians Eltern und sein Bruder stehen hinter dem Sofa, als wären sie die heiligen drei.

Das ist ja reizend, sagt Ingrid. Und Gordan: Der Basti war schon immer ein Spießer.

Hinter der Siedlung die Felder. Ein schmales Asphaltband führt neben dem breiten entlang, Straße und Fahrradweg. Mehr Mülleimer, Lichtkegel, Mülleimer, Lichtkegel, hier standen mal kleine, krüpplige Obstbäume, wie lang ist das her?

Lange.
Und wie oft sind wir schon?
Oft.
Es ist kalt. Die zwei gehen schweigend, ab und zu zieht Gordan die Nase hoch. Ingrid blickt im Gehen hinaus auf das Feld. In der Ferne löst sich ein heller Fleck aus der Dunkelheit. Ein weißer Glanz in der Tiefe der Nacht, er wird immer größer, nimmt Form an. Ingrid verlangsamt den Schritt und bleibt stehen. Sie kneift die Augen zusammen. Sieht ein Pferd, das auf sie zu galoppiert, ein Pferd, ganz eindeutig. Jetzt kann Ingrid auch das Trommeln der Hufe auf dem gefrorenen Boden hören. Ingrid will nach Gordans Arm greifen, aber Gordan ist weitergelaufen, und als Ingrid sich wieder umdreht, ist da kein Pferd mehr. Es gibt Dinge, mit denen ist man allein. Das weiß Ingrid, und trotzdem versucht sie es, sie läuft hinter Brüderchen her. Weißt du, sagt sie und erzählt die Geschichte vom Ausflug zum See. Als Kind, natürlich als Kind, mit der besten Freundin und deren Eltern: Wir haben in einem Zelt geschlafen, das war groß wie ein Haus, das hatte verschiedene Kammern. Eine Kammer für die Eltern meiner Freundin, eine Kammer für meine Freundin und mich und eine Kammer für Vorräte, Campingbedarf. Ingrid wird richtig geschwätzig, die kalte Luft tut ihr gut, schwatzend läuft sie hinter dem Bruder her. So viele Worte:
Eines Morgens kriechen wir vor allen anderen aus den Schlafsäcken, die Eltern meiner Freundin schlafen noch. Wir nehmen das Schlauchboot und tragen es hinunter zum See. Es hat geregnet, das Gras ist noch feucht. Am

Ufer zieht meine Freundin ihren Schlafanzug aus, sie lacht, und ich kann ihre Zahnlücke sehen. Ich steige zuerst ins Boot, meine Freundin schiebt das Boot vor sich her, bis ihr das Wasser zum Hals reicht, und schwimmt dann wie ein Hund. Als wir weit genug draußen sind, versucht meine Freundin, ins Boot zu klettern, aber sie kommt nicht hoch, sie hängt am Rand des Schlauchboots und strampelt. Ich weiß nicht, was ich tun soll. Plötzlich wird es still, aber so still, wie wenn jemand den Ton des Fernsehers abstellt. Ich lege den Kopf in den Nacken. Um mich herum dreht sich das Schlauchboot, und der Himmel über uns ist weit und hoch und tief, alles zugleich. Ich sehe uns, in der Mitte des Sees, ich sehe mich im Boot sitzen, im Schlafanzug, den Kopf im Nacken, und meine Freundin, wie sie am Boot hängt und strampelt.

Ingrid ist außer Atem, vom Reden und Gehen. Sie sieht sich als Mädchen im Boot, sie sieht sich als Frau, die sich als Mädchen sieht, auf dem Fahrradweg, und glaubt, wenn es ihr nur gelänge, Gordan dieses Gefühl zu beschreiben, dann wäre etwas gewonnen. Weißt du, setzt Ingrid an, da wirft Gordan einen Blick über die Schulter. Und, ist sie ertrunken?

Ingrid strauchelt, verpasst einen Schritt, dann sagt sie: Nein. Ein Ruck, und sie war im Boot. Gordan nickt, murmelt: Wahnsinnsgeschichte.

Sie gehen weiter, Ingrid läuft hinter dem Bruder her, von Lichtkegel zu Lichtkegel auf dem Asphalt. Ein paarmal sieht Ingrid noch im Augenwinkel das Pferd, spürt es galoppieren in ihrer Brust. Doch als sie sich umdreht, ein kleiner Mensch vor der Schwärze der Nacht, ist das Pferd verschwunden.

Ein Haus von amerikanischer Anmutung: Holzverkleidung, Flachdach, Garage mit Durchgang zur Küche. Wie Kalifornien, nur enger, ein Traum der westdeutschen Provinz. Das kleinkalifornische Haus liegt am Rande des Dorfes. Hinter dem Haus der Garten, dahinter der Acker. Freie Sicht. Hinter dem Garten die Freiheit, die Leere, der Mais, bis am Horizont die Siedlung auftaucht und die Fabrik. Rauch wie Watte, Watteformationen, das Kind steht mit offenem Mund am Gartenzaun, wie kann etwas so Schönes so stinken. Zuckerrüben, Tschernobyl. Einen Sommer lang darf das Kind nicht im Garten spielen. Das Haus hat einen Schornstein, hat einen Lattenzaun, hat ein grünes Gartentor mit einer großen gelben Sonne darauf. Auf dem Bild, das das Kind malt, hat das Haus ein rotes Dach und unter dem Giebel ein Bullauge. Drei Blumen stehen im Garten, darüber, in wackligen Buchstaben: Ingrid, acht Jahre. Am Himmel die Sonne vom Gartentor.
Das Haus war einst das schönste im Ort, heute ist es etwas heruntergekommen. Müsste dringend gestrichen werden. Der Basketballkorb an der Garage hängt nur noch an einer Schraube. Ameisenkolonien haben die Waschbetonplatten, die den Weg zur Haustür pflastern, unterwandert. Die Platten kippeln, man stolpert leicht. Im Sommer Löwenzahn. Niemand macht sich mehr die Mühe, mit einem Küchenmesser das Moos aus den Fugen zu kratzen (der Abdruck der Steine auf Mamas Knien). Eine Hecke umwuchert das Haus. Es ist eine dunkle Nadelhecke, bei

Tag ist sie blaugrün, bei Nacht ein riesiges Loch. Die Geschwister bleiben vor der Hecke stehen, sie nehmen sich bei der Hand und springen –

Nein, nichts da. Es gibt kein Entkommen. Sie bahnen sich einen Weg zwischen Hecke und Haus. Ingrids Hand schürft an der Wand entlang, der Putz reißt ein Loch in ihren Handschuh. Dort steht sie und blickt auf ihre Hände hinab. Blut tritt aus der Schramme auf ihrem Knöchel.

Gordan dreht sich nach seiner Schwester um, sie ist noch da, kein Entkommen. Die Haustür steht offen.

Kaum betritt Ingrid das Haus, setzt auch das Heulen ein. Es zieht durch die Räume, kreist um Ingrids Kopf, schlägt mit Fäusten gegen Türe und Wände, was tust du mir an. Etwas in Ingrid wird klein, wie ein Kind, das auf seinem Bett sitzt und lauscht. Das nicht an Gespenster glaubt und sich trotzdem fürchtet. Mama ist kein Gespenst, Mama ist einfach nur traurig. Ingrid wird wütend, was tust du mir an, warum hat Gordan sie hergebracht? Sie hatte alles vergessen, jetzt ist es da. Nicht als Erinnerung, sondern als Jetzt. Mama ist auf mich gefallen, ja, auf mich drauf. Den ganzen Tag hat sie auf der Terrasse gesessen, Ingrid hat ihren Schatten gesehen. Die Mutter ist nur oben die Mutter, unten ist die Mutter ein Stuhl. In ein Seidentuch gewickelt liegt die Mutter auf der Liege im Garten, sie blickt auf den Acker hinaus. Als gäbe es da etwas zu sehen. Neben sich das eiskalte Glas, in dem es bitzelt und klimpert. Eine Sonnenbrille versteckt ihr Gesicht. Wenn es dunkel wird, frisch, kommt die Mutter herein. Sie tritt zu Ingrid, die auf dem Boden sitzt, auf dem kratzigen Teppich, und fernsieht. Die Mutter, was spürt sie beim Anblick des Kindes, empfindet sie plötzlich Liebe, Zärtlichkeit für dieses am Boden kauernde Kind? Sie beugt sich hinab, und dann verliert sie das Gleichgewicht, sie fällt, ihr Busen, die Knochen, in Ingrids Gesicht. Die Katze der Nachbarn hat ihre Jungen erstickt, indem sie sich im Körbchen auf sie gelegt hat. Die waren zu schwach, sagt die Nachbarin und streicht Ingrid über den Kopf, es ist besser so, wirklich. Die Mutter rappelt sich schnell wieder auf, sie kniet, sie wankt, dann steht sie. Das Seidentuch ist etwas verrutscht, legt den Bikini frei, eine Brustwarze. Ich. Hasse. Dich. Drei Worte. Das Kind spuckt sie wie Kirschkerne.

Gordans Schatten schwebt vor Ingrid her, durchs dunkle Wohnzimmer. Durchs Esszimmer schleichen sie in Richtung Küche, oder vielmehr: Gordan schleicht, Ingrid geht ganz normal. Im hell erleuchteten Rechteck des Türrahmens, am Herd die Mutter. Sie rührt in einem Topf, statt Gesicht ein Wust schwarzgrauer Haare. Sie bemerkt ihre Kinder erst, als sie vor ihr stehen. Die Mutter sieht auf, Ingrid erschrickt: eine Krähe. Gabriele ruft Gordans Namen, nur sie nennt ihn so: Kai! Sie fällt ihm um den Hals. Ingrid tritt an den Kochtopf.

Ich habe das Essen versalzen, jammert die Mutter am Hals ihres Sohnes.

Versalzen ist gut, sagt Ingrid und kratzt mit dem Löffel in den verkohlten Resten am Boden des Topfes. Gabriele lässt Gordan los und wendet sich Ingrid zu.

Ach, sagt sie, und ihre Tochter: Hallo. Das ist die Begrüßung. Gordan blickt von einer zu anderen. Aber das macht doch nichts, ruft er und reißt die Kühlschranktür auf, dann wollen wir mal sehen, was wir hier haben! Waldbeerjoghurt und Gin, aha. Und hier - im Tiefkühlfach wird Gordan fündig - eine Pizza. Die ist noch gut, die kann man noch essen.

Alles ist jetzt und alles wie immer. Ingrid kniet vor dem Backofen. Der Käse auf der Pizza schmilzt und wirft Blasen. Ingrid presst das Gesicht gegen das Fenster des Backofens, als ob sie hineinkriechen wollte. Sie drückt die Wange immer fester gegen die heiße Scheibe, immer fester, bis ihr schwarz wird vor Augen und es nebenan kracht. Flirrendes Licht, ihr Gesicht glüht, Ingrid erhebt sich. Leichter Schwindel, Ingrid tastet sich an der Küchenzeile entlang hinüber ins Wohnzimmer.

Gordan und Gabriele stehen neben dem Esstisch. Auf dem Boden vor ihnen ein Haufen, Zeitschriften, Geschirr, allerlei Kram. Gabriele spielt Überraschung: Ach, Ingrid, weißt du.

Gordan lacht, der lacht sich scheckig. Der muss sich den Bauch halten vor Lachen, so lustig findet er das.

Ach, weißt du, Ingrid, diese Aufräumerei ist mir lästig, einfach nur lästig. Mit dem Fuß schiebt Gabriele den Haufen unter den Tisch. Das mache ich später, sagt sie und geht in die Küche, jetzt wird gegessen.

Gordan sieht Ingrid an und demonstriert, wie die Mutter, einmal über den Tisch, mit ausgestrecktem Arm, klar Schiff gemacht hat. Gordan sieht Ingrid an, er hört auf zu lachen, lässt den Arm sinken.

Was ist denn mit deinem Gesicht passiert, du bist ja ganz rot?
Bevor Ingrid antworten kann, scheppert es wieder, dieses Mal in der Küche. Ingrid und Gordan im Ausfallschritt, die Mutter hat irgendwas fallen gelassen, sich die Hände verbrannt. Es scheppert noch einige Male, bevor sie schließlich sitzen, die Pizza mit dem Brotmesser in drei gleich große Teile geschnitten und auf Teller verteilt worden, bevor Gabriele noch einmal aufgesprungen und mit einer Flasche Wein an den Tisch zurückgeeilt ist. Doch dann kehrt für einen Moment Ruhe ein. Gabriele erhebt ihr Glas und blickt zu Gordan, Gordan gibt den Blick weiter an Ingrid. Frieden auf Erden und den Menschen ein Wohlgefallen.
Natürlich verbrennen sie sich den Gaumen, die Pizza ist heiß. Dann fällt Gabriele der Adventskranz ein. Der Adventskranz stand auf dem Tisch, und was auf dem Tisch stand, liegt jetzt darunter.
Der Adventskranz kann warten, findet Gordan, das machen wir später. Gabriele nimmt einen großen Schluck Wein. Sie lässt das Glas sinken, und Ingrid weiß, die wird nicht warten. Und richtig: Ach was, ich mach das schnell, ich hab ihn doch extra für heute.
Ingrid weiß, was jetzt kommt, der Frieden vorbei, sie steht auf, trägt ihren Teller in die Küche, kippt den Pizzarest in den Müll. Ingrid stellt den Teller in die Spüle, während Gordan und Gabriele drüben im Haufen unter dem Tisch wühlen. Gordan findet das immer noch lustig, Gordan lacht sich kaputt. Die Kerzen, da müssen auch Kerzen sein, Gabriele jammert schon wieder. Das letzte Glas war

zu viel, alle Haltung dahin, nachdem sie die zweite Kerze auf dem Adventskranz angezündet hat, fällt Gabriele ihrem großen Sohn an die Brust, betritt Ingrid den Wintergarten.
Das Haus war das erste Haus in der Straße mit Wintergarten. Das erste Haus in der Straße mit Pool wäre es gewesen, das erste Haus mit Pool im Wintergarten, wenn der Pool fertiggestellt worden wäre. Eine ausbetonierte Grube macht noch kein Schwimmbad. Gabriele schläft an Gordans Brust ein, und Ingrid steht auf dem Estrich, sie blickt über die Baustelle hinweg durch die Glasfront. Die blaugrünen Tannen des Nachbarn wiegen sich im Wind, und vielleicht wiegt Ingrid sich sachte mit ihnen. Drinnen flüstert Gordan den Namen der Mutter, er nimmt sie bei der Hand und führt sie zum Sofa. Gabriele brabbelt Unverständliches über Kerzen und Reisgerichte, alles verbrannt. Gordan deckt sie mit einer Wolldecke zu. Ingrid wiegt sich leicht im Rhythmus der Tannen, sie kann den rauen Beton durch ihre Schuhe spüren. Gabriele sinkt auf das Sofa, und Gordan geht vom Wohnzimmer ins Esszimmer, nimmt den abgenagten Pizzarand von Gabrieles Teller, schlurft kauend vom Esszimmer in die Küche und kommt in den Wintergarten.
Mannomann!, sagt Gordan und schaltet das Licht an. Es ist nicht ganz klar, ob er damit die schlafende Mutter meint, die Baustelle im Schein der Glühbirne oder Schwesterchen, die auf Tanne macht.
In jenem Sommer waren die Polen wochenlang ein und aus gegangen. Der Vater half ihnen, wenn er nach Hause kam, schlüpfte Werner in seinen Blaumann und packte

mit an. Ingrid starrt in die Grube, hier hat sie gesessen, nach Feierabend, nachdem die Polen gegangen waren, hat die Beine baumeln lassen, neben ihr Werner, der Bier trank und ihr zum nächsten Geburtstag eine Poolparty versprach. Von aufblasbaren Gummitieren war die Rede, ein rüschenbesetzter Badeanzug wurde der Tochter in Aussicht gestellt. Noch wenige Tage bevor Ingrid mittags nach Hause kam und Gabriele im Bett vorfand, sprach Werner so. Gabrieles Körper an jenem Nachmittag wie ein Laib Brot unter der Decke, Ingrid stieß sie an, und die Mutter fiel ihr entgegen, die Zunge aus Mutters Mund, zumindest klang es so, als sie sprach.

Der hat einfach alles stehen und liegen lassen, murmelt Ingrid. Noch immer, nach all den Jahren, verspürt sie ein leichtes Erstaunen. Gordan rumpelt schon längst zwischen Gartenstühlen und Werkzeug, hinter dem alten Betonmischer. Wie hat man sich das vorzustellen?, fragt Ingrid, er macht so lang einfach weiter, bis er sich eines Tages ein Herz fasst und anruft. Aus dem Büro. Um Gabriele zu sagen, dass er heute nicht kommt und morgen auch nicht und überhaupt, dass es das war?

Was sagst du?, fragt Gordan.

Nix, sagt Ingrid, nur dass ich wusste, warum ich nicht herkommen wollte.

Gordan hat gefunden, wonach er gesucht hat. Eine Plastiktüte mit Gras, sorgsam verschweißt. Der hat gewusst, was er hier will. Deswegen sind sie hier, nicht weil Gabriele seine Mutter ist, oder Ingrids, sondern weil Gordan hier Gras lagert. Er hat die Plastiktüte bereits aufgerissen, Gordan dreht, leckt das Blättchen an. Jetzt mal ehrlich, sagt

Gordan, so schlimm ist das auch wieder nicht. Halt mal den Ball flach, sagt Gordan, so was in der Art, denn so redet Gordan, so drückt er sich aus.

Gordan liegt auf seinem Bett im Keller, in dem Zimmer, das er sich hergerichtet hat, nachdem Werner weg ist, nachdem Werner die Familie verlassen hat, war alles möglich. Gordan hat sich den Partykeller unter den Nagel gerissen, er hat die Girlanden von den Wänden genommen und die Tischtennisplatte entsorgt. Der Keller hat seinen eigenen Eingang, neben der Garage führt eine Treppe hinunter. Gordan liegt auf seinem Bett im Keller und inhaliert, er zieht den Rauch tief in die Lungen, und im Ausatmen sagt er Wow wow wow, so schlimm ist es auch wieder nicht. Die Glut knistert, Jetzt halt mal den Ball flach.

Und warum hast du ihm dann eine reingehauen?, fragt Ingrid.

Wie bitte?, Gordan stößt Rauch aus und lacht. Ingrid kann es nicht glauben, er hat es vergessen. Das Fest zum Einzug, sagt sie, grillen auf seiner neuen Terrasse? Gordan starrt in den Pool, zeigt keinerlei Regung. Wieder steigt diese Wut in Ingrid auf, seinetwegen ist Ingrid hier, dann soll er sich verdammt noch mal auch erinnern. Den Rasen durfte man noch nicht betreten, der war gerade erst frisch gesät, sagt Ingrid. Melanies Bauch hingegen war schon sehr dick. Da war der Werner gerade mal zwei Monate weg. Und schon ein Haus gebaut. Und schon ein Kind gemacht. Die Nachbarn, die alten Nachbarn, waren gekommen, die waren ja neugierig, sind in ihre Autos gestiegen und von der Straße, in der Werners altes Haus stand, in seine neue Straße gefahren. Die Nachbarin hat mich mitgenommen, und der Werner stand am Grill, und es war sehr schön, aber ein wenig eng, alle auf der Terrasse und keiner auf dem frisch gesäten Rasen. Du warst ja nicht eingeladen, sagt Ingrid, denn du warst ja gerade von der Schule geflogen, hattest dich als Enttäuschung erwiesen, du hattest alle getäuscht. Alle bis auf den Sportlehrer, der dich dabei ertappt hat, wie du das Gras aus deinem Lager zwischen den Hochsprungmatten geholt hast. Das und andere Vertrauensbrüche, wie es der Werner nannte, bevor er dazu überging, die Vertrauensbrüche Verbrechen zu nennen und dich einen Verbrecher. Du ein Kleinkrimineller und seine neue Hoffnung bereits gesät, da hattest du schlechte Karten. Du warst nicht eingeladen und standest trotzdem irgendwann auf der Terrasse, und da wussten die Nachbarn, der weite Weg hatte sich gelohnt, von einem Dorf mit dem Auto ins nächste. Hier würde gleich was passieren, hier war was los. Die Melanie mit ihrem dicken Bauch hat noch versucht, Frieden zu stiften, ein Bratwürstchen hat sie dir angeboten und ein Glas Bier, aber du hast ihr gesagt, sie solle den Mund halten, nur mit anderen Worten. Das konnte der Werner natürlich nicht zulassen, nicht in seinem Haus. Ich hol nur die Ingrid, hast du gesagt. Und er: Die Ingrid bleibt hier. Mit dir rede ich gar nicht, hast du gezischt, du bist doch wirklich der allerletzte Scheißkerl, schieb dir deine Scheißgrillparty doch in den Arsch und dein Scheißhaus gleich noch dazu. Dann ist dir nichts mehr eingefallen, was er sich noch in den Arsch hätte schieben sollen, und unser Vater hat einen Schritt auf dich zu gemacht, da war er nah genug, da hast du ihm mit der Faust ins Gesicht geschlagen. Ich denke,

du bist vielleicht gar nicht gekommen, um mich zu holen, sondern um genau das zu tun, um unserem Vater mit der Faust ins Gesicht zu schlagen. Aber ich bin dann trotzdem mitgegangen, während sich alle um den Werner scharrten, der auf dem Boden lag. Seine Nase blutete, und auf dem Grill verkohlten die Würstchen.
Gordan blickt immer noch in das leere Becken. Seine Schultern zucken, er lacht. Dann hat er es wohl nicht anders verdient, lacht Gordan.
Ingrid wünscht sich, ihr Bruder wäre in der Lage, zu weinen, sie wünscht, er könnte unter Tränen zusammenbrechen, weil im Fernsehen zwei heiraten, in Weiß, mit Limousine, weil in irgendeiner beknackten Vorabendserie die Mutter eines siebenjährigen, eines siebenunddreißigjährigen Jungen langsam und qualvoll an Krebs stirbt. Aber Gordan kann nicht weinen, deshalb muss er lachen. Ingrid hat Mitleid mit ihm, sie greift nach seiner Hand. Gordan und Ingrid nehmen sich bei der Hand, sie springen. Das Becken verschluckt sie. Oder: Sie springen und brechen sich auf dem Grund des Schwimmbads beide Beine, alle vier Beine. Sie kommen ins Krankenhaus. Kabelfernsehen und drei Mahlzeiten am Tag, Ingrid findet die Vorstellung schön, derart bewegungslos und versorgt zu sein.
Ingrid ist müde, unendlich müde.
Natürlich springen sie nicht. Sie springen nicht und reden nicht, schweigend sitzen sie am Rand des Schwimmbeckens und rauchen Gras. Und da das Gras ja schließlich der Grund ist, warum sie gekommen sind, dreht Gordan gleich noch eine Tüte.

Gabriele liegt auf dem Sofa, die Leselampe scheint ihr direkt ins Gesicht. Vielleicht träumt sie, das Licht sei die toskanische Sonne. Gabriele hat braune Ränder vom Rotwein am Mund, ihr Unterkiefer ist in den Hals gesackt. Ingrid löscht das Licht und legt sich ans andere Ende des Sofas. Sie hört Gabriele schnarchen, Ingrid glaubt Gordans Schritte zu hören, Socken auf Teppich, die Treppe hinauf. Unter Ingrids Schädeldecke kitzelt es. Im Dunkeln erkennt sie die Umrisse von Gabrieles Kopf. Ingrid weiß, gleich schläft sie ein, sie spürt schon den Sog und kann sich nicht wehren. Aber sie will Gabriele noch etwas sagen.

Du bist nicht meine Mutter, flüstert Ingrid. Sie gehört nicht hierher, das spürt Ingrid im Halbschlaf ganz deutlich. Nicht in dieses Haus, diese Straße, in das Dorf hinter dem Acker, in der Nähe der Stadt. Ingrids Mutter hat ihre Tochter nicht nach einer Frau in einem Film genannt, Ingrid ist keine Rebecca, keine Sabrina. Der Mann von Ingrids Mutter hat sich nicht das Leben genommen, weil er es nicht mehr ausgehalten hat, Ingrids Mutter hat sich nicht in ihr großes, schönes Haus zurückgezogen (es war immer das größte und schönste im Ort, stand wie ein Schloss am Rande des Ackers). Ingrids Mutter hat nicht klammheimlich ihr großes, schönes Haus verkauft. Ingrids Mutter ist nicht verschwunden. Ingrids Mutter hat keine Migräneanfälle, Ingrids Mutter hat nicht die Lichtkrankheit, keine Bandscheibenvorfälle, Ingrids Mutter hat nicht nach ihrer Scheidung, im Alter von fünfzig Jahren, Akne bekommen, so schlimm, dass sie sich geschämt hat, unter Leute zu gehen. Ingrids Mutter trägt keinen Lippenstift,

dessen Farbe irgendjemand wiedererkennen könnte, sie hat auch keine Frisur. Sie schiebt nicht den Einkaufswagen auf eine bestimmte Art durch den Edeka-Laden, langsam, mit einem unverwechselbaren, ihr eigenen Hüftschwung. Ingrids Mutter riecht nach nichts. Sie steht auch nicht in der Tür irgendeines Reihenhauses, zum Abschied und zur Begrüßung. Ingrids Mutter schließt sich nicht im Badezimmer ein, um sich die Lippen anzumalen und mit roten Lippen vor dem Spiegel eine Zigarette zu rauchen.
Nicht meine Mutter, murmelt Ingrid im Halbschlaf.

Am nächsten Morgen wird Ingrid von einem kalten Windzug geweckt. Die Tür zur Terrasse steht offen. Ingrid zieht sich Jacke und Schuhe an und tritt hinaus. Es ist noch dunkel.
So verknittert, Miss Amerika?
Ingrid hört Gordan, bevor sie ihn sieht. Er sitzt auf einer Gartenbank und raucht. Ingrid nimmt neben ihm Platz. Der Bruder reicht ihr zwischen Daumen und Zeigefinger die Tüte, er wippt mit den Beinen. Das Spiel vom Abend zuvor wiederholt sich, drehen und knistern und rauchen. Die zwei sitzen hinter dem Haus und sehen dem Tag beim Dämmern zu. Sie rauchen, und Ingrid versinkt in ihrem Kopf, sie denkt gar nichts, spürt nur, wie der Bruder neben ihr mit den Knien wippt. Sie könnte ewig so sitzen bleiben, nun denkt sie doch etwas, Ewig!, und: Diese Stille.
Da sagt Gordan neben ihr: Ey.
Ingrid wendet den Kopf, schaut den Bruder an. Sieht ihn im fahlen Morgenlicht und weiß, der hat nicht geschlafen.

Der hat die ganze Nacht wach gelegen. Am Boden eines ausbetonierten Beckens, die Füße gegen die Wand gestemmt.
Ey, sagt Gordan, ich weiß noch, wie der dich abgeholt hat, ständig hat der dich abgeholt und ist mit dir irgendwohin gefahren. Ich meine, sagt Gordan, nicht dass ich mitgewollt hätte, aber, also nach Florida schon. Gordan spricht von Palmen, Flamingos, das hätte er zu gerne gesehen. Er kennt nur die Fotos. Die kleine Ingrid, ein milde gelangweiltes Mädchen in einem langen Auto ohne Verdeck. Im Hintergrund Highway, eine Brücke, rosafarbener Himmel. Scheiß Miami Vice, sagt Gordan, und ich nicht dabei. Was Gordan nicht weiß, das Foto nicht zeigt: Werners Wut auf Ingrids Gleichmut. Bei allem, was er der Tochter bietet, freut sie sich nicht. Nimmt es hin, sagt artig Danke, zeigt darüber hinaus aber keinerlei Regung. Was Gordan nicht weiß: wie Werner sie anschreit. Sie sitzen auf Rängen, die Bühne ein gläsernes Becken, hinter der Scheibe ein riesiger Wal, dreht seine Runden, zeigt seine Kunststücke, und Werner schreit. Weil Ingrid nicht lacht, das Mädchen lächelt nicht mal, möchte auch wirklich kein Eis (Danke). Was hast du, schreit Werner, was in aller Welt ist mit dir los? Ingrid sieht an ihm vorbei, hinüber zum Becken. Das schwarzweiße Wesen hebt sich aus dem Wasser, die Nase des Wals berührt einen roten Ball in der Luft. Die Wellen platschen, das Tier fällt zurück. Applaus, Ingrid sieht ihren Vater an. Sie zuckt mit den Schultern: Nichts.
Da hätte er mich schon mitnehmen können, sagt Gordan, ich meine –

Orca, fällt Ingrid ihrem Bruder ins Wort. Die heißen Orcas, die Wale.
Gordan verstummt. Er sieht sie an, fahl und müde, ist auch egal.
Eine Weile sitzen sie noch auf der Terrasse und rauchen. Ingrid fragt sich, ob das jetzt die Ewigkeit ist, dieser Moment?, als neben ihr Gordans Jacke raschelt. Von sehr weit weg ertönt Gordans Stimme. Typisch Gordan, denkt Ingrid, ein für Gordan typisches Wort, es heißt: Abmarsch! Ingrid sieht auf: Die graugrüne Jacke des Bruders, vor dem grünlichen Rasen, dem gräulichen Himmel, auf halber Strecke zum Gartenzaun. Also alles wie immer, Ingrid zögert nicht eine Sekunde, Gordan vorneweg, sie hinterher, sie denkt nicht daran, dass die Terrassentür offen steht, kalte Luft ins Haus strömt, die Mutter dort liegt, irgendwann aufwachen wird. Ingrid kann sich kein Ende vorstellen, alles wird immer so sein. Stolpernden Schrittes, als ginge es bergab. Durch den Garten und auf das Feld zu. Ey, über den Acker, schreit Gordan, wir nehmen eine Abkürzung, geil! Gordan vorneweg und über den Zaun. Ingrid ihm nach, Geile Abkürzung, geil. Nebel bricht herein, über dem Acker, plötzlich Nebel, und hinter den Geschwistern verschwindet das Haus. Sie driften durchs Nichts. Ingrid versucht, den Bruder zu fangen, sie sieht seinen graugrünen Ärmel, will nach ihm greifen, fällt dabei fast. Sie ruft den Namen des Bruders, mit langem O, rundem Mund, er hält nicht an. Gordan stolpert voran, jetzt bleib endlich stehen, Ingrid will ihm was sagen, Ingrid muss lachen, Ey, Mann! Warte doch mal! Da, Gordan hat sie gehört. Er dreht sich um. Ingrid geht auf sein Grin-

sen zu. Sie wollte was sagen, was war es noch gleich? Er hat nichts verpasst, er soll sich nicht grämen. War es das? Nein. Sondern? Dass er ausziehen muss. Gordan kann nicht länger bei Ingrid wohnen. Das war es, das wollte sie sagen, im Nebel, jetzt, es muss sein, auch wenn es ihr leidtut. Ingrid tritt auf Gordan zu, noch grinst er. Ingrid öffnet den Mund, Sehr, will sie sagen, es tut ihr sehr leid. Ingrid öffnet den Mund und Gordan die Arme. Wie Flügel. Ingrid irritiert von dieser Bewegung, sie schaut von Gordans linker, ausgebreiteter Hand zu seiner rechten, misst seine Spanne. Grinsend legt Gordan den Kopf in den Nacken. Ein Schrei, ein langgezogenes I, MIAMIIIII erklingt es im Nebel.

Später, als sich der Nebel gelichtet hat, als die Schritte der Geschwister längst schwer geworden sind, Stunden später, nachdem Ingrid und Gordan den Acker hinter sich gelassen haben, die Siedlung, das Sportfeld, den Supermarktparkplatz, sitzen die Geschwister am Bahnhof und rauchen die Zigaretten, die Gordan aus Gabrieles Nachttisch geklaut hat. Ingrid und Gordan sitzen unter dem gelben Fahrplan, es ist kalt, und Ingrid denkt an ein Foto von Gabriele. Es zeigt die Mutter lachend, braungebrannt, als junge Frau. Ingrid als Kind mochte das Bild, vornehmlich wegen der Ohrringe. Plastikclips, weiße Kreise an den gebräunten Ohren der Mutter, weiß wie ihre strahlenden Zähne. So wollte Ingrid auch einmal aussehen, später. Ingrid sitzt in der Kälte vor dem Fahrplan und fragt sich, ob Gabriele immer schon war, wie sie ist, und ob Werner sie deshalb verlassen hat. Oder ob sie erst so wurde, als

Werner weg war. Ingrid ganz nüchtern, sehr müde. Gordan mustert sie von der Seite. Ingrid merkt es, wendet sich zu ihm. Gordan kneift die Augen zusammen, sieht Ingrid an. Er macht es spannend. Das kann nichts Gutes bedeuten, denkt Ingrid. Gordan nimmt einen tiefen Zug von seiner Zigarette, stößt Rauch aus, und mit dem Rauch quellen die Worte aus ihm hervor.
Moritz kommt, sagt Gordan. Er kommt uns besuchen.

DREI

Zwei plus eins. Zu allem, was aus der Kindheit erzählt wird, muss Moritz hinzugerechnet werden. Er ist immer dabei. Er hält Gordans Fuß bei der Räuberleiter, er schießt das Tor, er fängt den Ball. Moritz fährt den Wagen, er dreht den Joint. Sein Vater ein hohes Tier bei der Bundeswehr, immer auf Reisen, ein Pilot in blauer Uniform. Seine Mutter eine Schönheit mit ihrer ganz eigenen Art, den Einkaufswagen durch den Edeka-Laden zu schieben. Wenn sie Moritz abends abholt, hinterlässt sie den Geruch von Maiglöckchen im Flur. Sie unterrichtet an der Volkshochschule Englisch, nein, Yoga. Ich bin froh und heiter, das Glück ist mein Begleiter, pflegt sie zu ihrem Spiegelbild zu sagen, wenn sie sich im Badezimmer einschließt. Moritz mit seinem kantigen Schädel, mit seinem Grinsen, dem Gordan-Grinsen, dem Jungsgrinsen. Moritz, der auf Ingrids Bett liegt und grinst, der Chips aus der Tüte isst, Paprikachipskrümel auf Ingrids Bett verteilt, der, als Ingrid sich umdreht (sie sitzt am Schreibtisch und malt Pferde, Schulhefte, Zeichenblöcke voller Pferde), die Tüte wegzieht. Moritz und seine muffigen Tennissocken, gegelten Haare, das Aftershave. Moritz, der sich am Kühlschrank bedient, als sei er zu Hause. Moritz, der Gabriele zum Lachen bringt, draußen auf der Terrasse, im Sonnenuntergang. Die Eiswürfel klirren in den Gläsern, Moritz sagt irgendwas, das Ingrid nicht versteht, und dann ertönt

Gabrieles Lachen. Auch ein Klirren, nur lauter. Moritz, der sein Glas leer getrunken, der Gabriele zum Lachen gebracht hat und nun durchs Wohnzimmer stolpert, auf die Autoschlüssel zu, die auf dem Tisch liegen. Moritz immer einen Kopf größer als Gordan, Moritz immer vorneweg und Gordan hinterher. Gordan immer im Schlepptau. Moritz, der in den großen Pausen mit Gordan vor dem Schultor steht, auch noch, als Gordan von der Schule geflogen ist, dessen Blick auf Ingrid hinabfällt, wenn sie sich traut, zu den Jungs hinüberzugehen. Moritz, der immer nur Na? sagt, sonst nichts. Moritz, der Gordan hinterhersieht, wenn der mal kurz mit jemandem verschwindet, mal kurz mit jemandem um die Ecke geht. Moritz, der Ingrid eine Kopfnuss verpasst und grinst. Moritz, der nicht von der Schule fliegt. Moritz, der Abitur macht und fortgeht, in die Stadt, und nicht irgendeine. Moritz, der in der Stadt ein Jahr lang alten Leuten den Arsch abwischt und dann studiert. Moritz, der drei Jahre lang nichts von sich hören lässt (Penner). Moritz Moritz Moritz. *Moritz* in Parkbänke und Baumstämme geritzt, an Toilettentüren geschmiert, in Schulhefte gekritzelt: *Moritz*.

Der Sommer, in dem. Die Geschichte von Moritz ist eine Zeitrechnung in Sommern. Jetzt ist es Winter, Ingrid sitzt in der Bahn. Moritz kommt, hämmert es in ihrem Kopf. Gordan ist eingeschlafen, später wird auf der Fensterscheibe ein fettiger Fleck sein. Es ist Winter, und sie fahren an Siedlungen vorbei und an Feldern, der Himmel ist blass. Ingrid wagt nicht, Gordan anzusehen, sie wagt nicht zu fragen, wann Moritz kommt. Morgen oder Ende Januar, oder im Sommer? Es würde ihm ähnlich sehen, im Sommer zu kommen. Ingrid wagt es nicht, sie will nichts wissen. Jetzt ist Winter, und Ingrids Herz rast. Kein Galoppieren, ein Sprengen, gemischt mit der Wut auf den Bruder. Wie kann der so etwas sagen und dann einschlafen, sobald er im Zug sitzt?

Auch Ingrid legt den Kopf gegen die Scheibe, Fleck hin oder her. Sprengenden Herzens schließt sie die Augen. An Schlaf ist nicht zu denken, denkt Ingrid, schläft ein. Die Geschwister werden ihre Station verpassen, am Hauptbahnhof nicht aufwachen, am Sportstadion erst wird sie das Geschnatter von Mädchen mit Schlittschuhen wecken.

Ingrid schläft ein und träumt von einem Sommer. Ingrid ist fünfzehn. Es ist früh am Morgen, im Halbschlaf hört sie die Schritte der Mutter. Sie nähern sich, bleiben an Ingrids Bett stehen. Die Lippen der Mutter auf ihrer Stirn. Dann entfernen sich die Schritte, fort, fort, durch den Flur, die Treppe hinunter. Als unten die Haustür ins Schloss fällt, öffnet Ingrid die Augen. Sie steht auf, tritt ans Fenster. Auf der Straße vor dem Haus wuchtet ein Mann einen Koffer in seinen Wagen. Von der Mutter ist nur noch ein Zipfel zu sehen. Ein getigerter Seidenrockzipfel, eingeklemmt in der Taxitür. Der Fahrer geht in einem großen Bogen, einem unnötig großen Bogen, denkt Ingrid, ums Auto herum, setzt sich hinter das Steuer. Das Taxi fährt los. Ingrid nimmt Abschied, ohne zu winken, bleibt am Fenster stehen, bis das Taxi mit Gabriele darin am Ende der Straße verschwindet.

Die Sonne scheint, keine Wolke am Himmel.

Gabriele hat einen Mann kennengelernt. Er heißt Manfred und hat ein Haus in der Toskana. Gabriele reist ab, Hals über Kopf, verliebt. Gabriele ist auf unbestimmte Zeit verreist. In einem Porzellandöschen im Küchenschrank finden ihre Kinder zweihundert Mark. Der Schlüssel für den Golf liegt auf dem Tisch. Die Kinder sind alt genug, sind beinahe erwachsen. Sie denken sich nichts dabei, sie sind es gewohnt. Und zweihundert Mark, das ist ja nicht nichts.

Alles geht seinen Gang. Die beiden hausen am Acker, Gordan unten im Keller, Ingrid oben, in ihrem Zimmer. Ab und zu kommt die Nachbarin rüber, sieht nach dem Rechten, sie wirft einen Blick über den Gartenzaun. Die zwei kommen klar. Die Ingrid, die geht ja zur Schule, der muss man nichts sagen, die weiß, was zu tun ist. Und der Gordan, ja, der (etwas nah an der Angst in ihrem Blick).

Die Ingrid geht zur Schule, bis das Schuljahr vorbei ist. Das Schuljahr ist an einem sehr heißen Tag vorbei. Ingrid radelt nach Hause, ohne Tasche, die Zeugnismappe klemmt unter dem Arm. Schwitzend kommt Ingrid zu Hause an. Das Rad lehnt sie gegen die Wand, das Rad rutscht langsam an der Hauswand hinab, noch ehe Ingrid an der Tür ist, fällt das Rad scheppernd zu Boden. Was kümmert's Ingrid, sie muss mal. Ingrid muss dringend pinkeln. Sie schmeißt die Haustür hinter sich zu, Schlüssel und Zeugnis aufs Schränkchen, sie schlüpft aus ihren Schuhen und in einer Bewegung auch aus ihrer Jeans. Viel zu eng, viel zu heiß, Ingrid hüpft Richtung Gäste-WC. Oh oh, sie muss dringend, Ingrid hüpft am Sofa vorbei, hey, oh, über dem Sofa hängen Füße in Turnschuhen. Ingrid muss dringend, sie hat keine Zeit, die Tür zuzumachen. Ingrid als Kind, das diese Dinge mit Mama bespricht, hat zum Pinkeln, zum Pissen Püschern gesagt. Und in diesem Fall, an diesem heißen, letzten Tag vor den Ferien, trifft der mütterliche, lautmalerische Ausdruck es doch ziemlich genau: Ingrid püschert den halben Liter Cola, den sie während der Zeugnisvergabe getrunken hat, aus. Es folgt ein Pups, der kein Furz ist, sondern durchaus ganz niedlich. Abwischen, Schlüpfer hoch, denn Schlüpfer und Püschern gehören zusammen. Und was Ingrid da trägt, kann man nicht anders nennen: ein blassrosa Etwas mit Streifen und Punkten, aus einem Dreierpack.

In Schlüpfer und Shirt tritt Ingrid ins Wohnzimmer. Mustert die Turnschuhe über dem Sofa.

Neu?, fragt sie, auf die Schuhe bezogen, und in diesem Neu schwingt Erstaunen mit. Niemand weiß, woher Gordan das Geld nimmt, das will niemand wissen. Dem Jungen geht's gut, der lässt sich's gut gehen, Klamotten und Partys und so. Der Junge ist flüssig, da fragt keiner. Nur Ingrid. Schwesterchen fragt, und prompt verschwinden die Schuhe. Dafür taucht ein Kopf auf, hinter dem Sofa. Das ist nicht Gordan. Der Schädel ist viel zu kantig für Gordan.

Was machst du denn hier?, fragt Ingrid, und dieses Mal erhält sie auch eine Antwort.

Urlaub, sagt Moritz.

Moritz grinst, und Ingrid steht da, vor dem Sofa, im Schlüpfer, sie hat gerade, bei offener Tür, und auch gepupst. Oh Gott. Ingrid steht da, muss sich angucken las-

sen und weiß ganz genau, dass am Rand des blassrosa Etwas Schamhaare sprießen. Oh Gott, Ingrid errötet.
Urlaub?
Ein Nicken. Kasperltheater, Moritz' Schädel schwebt über der Rückenlehne des Sofas. Sie starren sich an, einen Moment zu lang für Ingrids Geschmack. Zwei plus eins, es rumpelt im Keller. Gordan steigt die Treppe hinauf, einen Basketball dribbelnd. Als er Ingrid erblickt, kann er nicht anders, Reflex, er wirft der Schwester den Ball an den Kopf. Aber Schwesterchen ist nicht von gestern, dieses Spiel kennt sie und duckt sich. Der Ball fliegt in flachem Bogen zum Sofa. Moritz fängt ihn und grinst, so viel dazu. Moritz war weg, jetzt ist er da.

Vor Ingrid liegt der Sommer, ein Massiv an Zeit. So recht weiß sie nichts mit sich anzufangen. Sie sitzt auf ihrem Bett, schlenkert die Beine. Hat das Mädchen denn gar keine Freundinnen? Doch, hat es. Nadja zum Beispiel, das ist die mit dem Schlauchboot, die ist nicht ertrunken, die ist beste Freundin geblieben. Nur hat Nadja ein Pferd. Das wäre nicht schlimm, hätte Nadja nicht auch einen Freund, den ersten, seit kurzem, für lange. Nadja ist nicht ertrunken, sie hat Ingrid nur zeitweilig vergessen, so kurz vor den Ferien. Und die anderen? Keine Ahnung, Ingrid zuckt mit den Schultern. Ingrid sitzt auf dem Bett, schlenkert die Beine, mehr noch, sie lauscht. Was da im Haus geschieht. Die Jungs sehen fern, sie lachen, sie rumpeln. Rauf die Treppen und wieder runter, vom Keller ins Wohnzimmer und weiter ins Bad. Ingrid hört das Rauschen der Klospülung, Dusche, sie hört die Musik im ganzen Haus.

Durch das offene Fenster hört sie das Ächzen der Jungs, das Quietschen ihrer Sohlen auf dem Garagenvorplatz. Das Rasseln des Basketballkorbes, wenn einer trifft.
Ingrid versteckt sich tagelang in ihrem Zimmer. Ingrid lauscht, sie schnuppert, die Jungs sind ihr nicht ganz geheuer. Ingrid riecht das Gras und die Kippen, Aftershave, sie riecht ihre Wäsche im Korb im Badezimmer, den niemand leert. Wie nasser Hund. Wie toter Puma. Ingrid schnüffelt, sie kann es nicht lassen. Irgendwas stimmt nicht, da ist ein Gefühl der Bedrohung. Mag an Moritz' Blick liegen, wenn sie am Sofa vorbei in die Küche geht. Ingrid bemerkt seinen Blick, sie merkt etwas, ohne es zu merken, und das ist ganz komisch, oh Gott. Lieber im Zimmer bleiben, denkt Ingrid, sich lieber nicht zeigen. Zwölf Quadratmeter blümchentapeziertes Mädchenglück. Ingrid sitzt auf ihrem Bett und schlenkert, richtig, aber sie macht auch noch etwas anderes.
Im Flur, auf dem Weg vom Bad in ihr Zimmer, bleibt Ingrid stehen. Vor einem Regal. Das Regal enthält einen Korb mit Wollknäuel und Stricknadeln, einen Karton mit Kopfhörern, Knöpfen, Skibrille, Transistorradio. Neben dem Karton Zeitschriften. Darüber einige Bretter mit Büchern darauf.
Ingrid bleibt stehen, ihr Blick gleitet an Buchrücken entlang, Worte hochkant, ein Regenbogen zieht sich durch einige Titel. Ingrid entdeckt einen schmalen lilafarbenen Band. Der Name der Autorin hat zwei Punkte über dem I, das gefällt Ingrid. Sie zieht das Buch hervor, nimmt es mit in ihr Zimmer, Versteck, die Tür schließt sich hinter ihr. Zwischen Teddys und Pferden, Idolen. Ingrid liegend, auf

Kissen, vor Postern, liest sie von einem Mann. Der Mann kann nachts nicht schlafen, er geht spazieren. Auf seinem Spaziergang gelangt der Mann zu einem Haus. Durch das Fenster sieht er zwei Körper, verrenkt, ineinander verkeilt, er beobachtet sie eine Weile. Dann geht er weiter. Auf dem Weg durch die Dünen zum Meer begegnet dem Mann eine Frau. Sie sprechen nicht, gehen beide zum Wasser. Schwimmen, berühren sich. Sie lieben sich immer und immer wieder, im Wasser, am Strand, auf dem Weg zurück durch die Dünen. Nachdem er gekommen ist, sitzen der Mann und die Frau in der Dunkelheit. Die Frau erzählt dem Mann eine Geschichte. Ingrid auf Kissen, vor Postern, liest von einem Schwanz, der sich in einer Menschenansammlung bei einer Hinrichtung an die Frau drängt. Davon erzählt die Frau dem Mann in den Dünen. Sie erzählt, wie sich der Schwanz seinen Weg durch ihren Rock bahnt und in dem Moment, in dem der zum Tode Verurteilte stürzt, *heftig in ihr zuckt und sein warmes Leben ausspeit.* Er speit sein warmes Leben aus, und Ingrids Finger fährt in ihre Shorts, fährt in den Schlüpfer, zuckt heftig. Wochen zuvor, auf einer Party, hat irgendein Fußballer beim Knutschen in einer dunklen Ecke seine Finger in Ingrid gesteckt. Ingrid fand es befremdlich. Seine Finger, seine drei Finger, waren etwas zu grob. Das hier ist anders, das kitzelt erst in den Knien, dann kriecht es ihr langsam den Rücken hinauf, kriecht immer schneller, Ingrid krümmt sich um ihre Hand, was ist das, was, schon ist es passiert, eine finstere Höhe, das All. Ein Lächeln rieselt durch Ingrids Körper, sie gleitet hinab, streckt die Beine aus, schwebt. Aus dem Wohnzimmer hört sie Musik. Seltsam deutlich die Tür des Kühlschranks, die geöffnet und wieder geschlossen wird. Auf der Straße ruft die Nachbarin nach ihrer Katze. Ingrid zieht die Hand aus der Hose, sie denkt an ihre Mutter, an den Namen der Mutter in verblichener Tinte auf der ersten Seite des Buches. Sie denkt nicht an die Volkshochschule, die ihre Mutter einen Herbst lang besucht und die ihr das lilafarbene Büchlein und den Korb mit den Stricknadeln beschert hat. Ingrid riecht an ihren Fingern, und der Gedanke an Gabriele erlischt.

Ingrid hat Bücher, sie hat ihren Körper, den Finger, alles wäre gut, könnte gut sein, wenn es nicht noch andere Bedürfnisse gäbe. Ingrid hat Hunger. Und so verlässt sie ihr Zimmer. Ingrid geht die Treppe hinunter, schleicht sich am Sofa vorbei in die Küche, vorbei an zwei Köpfen, an einer Wolke aus Qualm und Duft. Die Jungs haben geduscht, sich rasiert, nun rauchen sie vor dem Fernseher. Ingrid öffnet die Schränke, findet Krümel, Gewürze und Kaffeefilter. Im Kühlschrank Ketchup und Bier. Das Porzellandöschen steht auf der Anrichte, es ist leer.
Ingrid verlässt ihre Deckung, sie tritt hinters Sofa, räuspert sich, sagt: Es gibt nichts zu essen, und Geld ist auch keins mehr da.
Die leere Porzellandose hält sie zum Beweis in der Hand. Doch die Jungs beachten sie gar nicht. Die Jungs beachten die Frau im Fernsehen, die ihren Hintern bewegt, als sei er aus Pudding. Andere Frauen, auch in Bikinis, tanzen um einen Mann, der die Finger spreizt, der die Knie beugt, der eine Goldkette trägt. Ingrid stemmt den Fuß des einen Beins gegen das Knie des anderen, sie wartet das Ende des

Videos ab. Wartet geduldig, um in die Werbepause hinein sagen zu können: Ich hab Hunger.
Immer noch dreht sich keiner der Köpfe. Doch Gordans Hand fährt in die Hosentasche, zieht einen zerknitterten Schein hervor, grün, mit einer zwanzig darauf. Die Hand mit dem Schein schwebt über der Sofalehne, doch bevor Ingrid zugreifen kann, öffnet die Hand sich, und der Schein segelt zu Boden. Ingrid erstarrt in ihrem Schritt auf das Sofa zu.
Gordan schaltet den Fernseher aus, Gordan springt auf, Abmarsch!, sagt er und meint damit Moritz. Doch Moritz hat sich auf dem Sofa umgedreht, er sieht Ingrid an, die den Schein nicht aufheben wird, auf gar keinen Fall. Ingrid wird nicht auf dem Boden kriechen vor Gordan, dem Arsch.
Und was ist mit der?, sagt Moritz (oh Gott), nehmen wir die mit?
Gordan war schon fast an der Tür. Jetzt bleibt er stehen. Mit der kommen wir nie rein, sagt er und dreht sich nicht einmal um. Moritz überlegt, Moritz grinst, Gordan steht still. Ingrid hört das Blut rauschen in ihren Ohren.
Klar kommen wir rein mit der, sagt Moritz und springt vom Sofa. Die Jungs sind zur Tür raus, bevor Ingrid Ich sagen kann. Da steht das Mädchen nun, blickt an sich herunter, abgeschnittene Jeans, ein altes T-Shirt des Bruders. Das Mädchen überlegt, wann es das letzte Mal die Haare gewaschen hat und ob es den Zwanni jetzt aufheben soll. Doch bevor das Mädchen Ich denken kann, erscheint Moritz' Kopf in der Tür:
Was ist, kommst du?

Fahrt durch die Nacht, durch die Landschaft. Ingrid sitzt auf der Rückbank, sitzt unter einer Glocke, ganz nah ihr Herzschlag, weit weg die Stimmen der Jungs, Fahrtwind, Musik. Ingrids Blick auf den Tachometer geschweißt. Sie fahren in die Stadt, fahren in steigenden Kurven in ein Parkhaus hinein, Ingrid auf der Rückbank kippt beinahe um. Dann hält der Wagen, sie sieht auf, und Moritz zwinkert ihr zu.

Ingrid geht hinter den Jungs her durch das Parkhaus. Zwischen Säulen, Beton, eine Schlange von Menschen. Ingrid verlangsamt den Schritt. Die Jungs wie bunte Hunde, Küsschen und Handschlag. Ingrid erkennt jemanden wieder, eines der älteren Mädchen, das schönste Mädchen der Schule. Es redet mit Gordan und sieht zu ihr rüber, zu Ingrid. Gordan pfeift, winkt Ingrid heran.

Die kleine Schwester, sagt das schönste Mädchen der Schule, es heißt Marie. Als Marie Ingrid küsst, auf die Wangen, zwischen zwei Küssen, streckt Ingrid den Kopf zu weit vor. Ihre Nase stößt an Maries. Marie lacht, zeigt ihre Zähne, wie Muscheln von innen. Maries Haar doppelt so hoch wie sonst, ein blonder, krauser Heiligenschein, Maries Bauchnabel funkelt. Ingrid unter ihrer Glocke fragt sich, wie sich das anfühlen mag. So ein Lachen, so ein Bauch, wie mag es sich anfühlen, Marie zu sein. Ingrid kriecht mit der Schlange langsam Richtung Eingang, sie schaut auf ihre Füße, will niemanden zu lange ansehen, aus Angst zu erröten.

Moritz tritt im rechten Moment neben Ingrid. Als sie nach ihrem Ausweis gefragt wird, ist Moritz da, legt seine Hand auf Ingrids Schulter: Die gehört zu mir. Ingrid sieht auf, grimmiger Blick eines Glatzkopfes. Moritz zieht Ingrid näher an sich heran. Ingrids Stirn landet an seinem Mund. Ingrid weiß, sie soll lächeln, und lächelt. Der Glatzkopf zuckt mit den Schultern, er nickt. Ingrid taumelt, durch eine Tür, ein dunkler Gang, wenige Schritte, und Ingrid glaubt, Moritz' Herz in ihrem schlagen zu spüren, doch das ist der Bass.

Ingrid kommt rein, Ingrid ist drinnen. Moritz grinst, nimmt die Hand weg.

Zu Ingrids Linker klappt eine Tür auf, Kacheln, ein Waschbecken, Ingrid biegt ab. Sie stürzt in eine Kabine, verriegelt die Tür, klappt den Klodeckel runter und setzt sich. Sie muss mal eben, sie muss kurz mal allein sein. Ingrid sitzt da mit großen Augen, starrt vor sich hin. Ihr Blick gewinnt Schärfe, SMILE BABY SMILE steht an der Wand. Ingrid versucht es, zieht die Mundwinkel hoch. Sie legt den Kopf schief, entziffert die Worte, Namen und Nummern um sie herum, einen Moment lang ist Ingrid verschwunden. Eine Faust holt sie zurück, hämmert von außen gegen die Tür. Ingrid springt auf.

Sie steht vor dem Spiegel, von draußen wummert der Bass gegen die Wände. Ingrid knotet ihr T-Shirt über dem Bauchnabel zusammen. Die Spülung wird betätigt, die Tür im Spiegel geht auf. Eine Frau kommt heraus, ihr Blick fällt auf Ingrids Bauch. Hastig löst Ingrid den Knoten. Die Frau tritt nach vorne, zückt einen Lippenstift. Sie malt sich die Lippen, dabei beobachtet sie Ingrid, die mit beiden Händen versucht, ihr Haar aufzubauschen. Es hilft nichts, wie Petersilie. Die Frau schnalzt mit der Zunge und reicht Ingrid den Lippenstift.

Ein Licht wie unter Lidern. Ein Licht wie durch ein Laubdach im Sommer, grün und gelb, fleckig. Und die Körper der Mädchen. Ingrid tritt auf die Tanzfläche, und da sind sie, Mädchen, die an Strohhalmen saugen, die um ihre Gläser tanzen. Schwere Gläser, schwappende Mädchenkörper, ein Meer, und darin die Jungs. Mittendrin Moritz, grinsend, immer grinsend, als wisse er schon, was als Nächstes passiert. Moritz nimmt Ingrid bei der Hand, Moritz nimmt Ingrids Hand und legt sie um ein schweres Glas. Die Mädchen schwappen gegen Ingrid, die Jungsblicke gleiten über Ingrid hinweg. Ingrid trinkt, das schmeckt gut, Ingrid wühlt mit dem Strohhalm nach mehr. Der Zucker knirscht zwischen den Zähnen, Sand, die Mädchenkörper und Marie mittendrin. Das muss sich so leicht anfühlen. Als das Glas leer ist, nimmt Moritz ihre Hand und legt sie um ein neues, ein volles. Marie zieht Ingrid hinter sich her, die Treppe hinauf und raus aufs Dach. Sie stehen über der Stadt, Sterne, rote Lichter an den Hochhäusern, zur Warnung der Flugzeuge, Ja, Flugzeuge, sieh nur! Und die Commerz gelb und die Deutsche blau, wie eh und je. Setz dich. Sie sitzen im Kreis, Ingrid neben Marie, Marie reicht ihr den Joint, und Ingrid nimmt einen Zug. Ingrid tut es Marie gleich, steckt sich das Ding zwischen die Lippen, kneift die Augen zusammen und atmet ein, tief. Und dann zerreißt sie ein Husten, kotzt Ingrid fast, Scheiße. Alle lachen. Aber nicht fies, sondern ganz nett, Marie legt den Arm um Ingrid, irgendjemand reicht ihr ein Bier. Ingrid ist schwindelig, vielleicht ist sie auch einen kurzen Moment weg. Flugzeuge, ja. Sie sitzen im Kreis, Ingrid neben Marie. Und dann sind sie

wieder auf der Tanzfläche, Marie knutscht mit so einem Typ, Ingrid kann seine Zunge von innen gegen Maries Wange stoßen sehen, ein großer Wurm. Der Typ greift in Maries buschiges Haar, zieht ihr den Kopf in den Nacken. Ihr scheint's zu gefallen. Wo ist eigentlich. Gordan taucht immer nur kurz auf, blitzartig, im Augenwinkel. Ein Blinzeln, dann ist Gordan verschwunden. Dafür steht Moritz vor Ingrid, unübersehbar, er wippt mit dem Kopf, er nimmt das leere Glas und steckt ein volles in ihre Hand. Danke, sagt Ingrid, und Marie neben ihr lacht: Du kannst ja reden! Ingrid sieht Moritz an, und Marie verschwindet, Marie knutscht, oder so, und Ingrid ist sich nicht sicher, ob Moritz sie nicht gerade angefasst hat, hat Moritz den Kreisel in Bewegung gesetzt? Seine Hand auf ihrem Rücken, tief auf ihrem Rücken, knapp über dem Po? Ingrid dreht sich, sie tanzt, unter ihren Lidern Sommerlaub, sie tanzt Moritz' Grinsen, sie tanzt ihren Namen. Seht her, meine Zähne, mein Bauch, so einfach ist das, so leicht!, Ingrid lacht.
Moritz ist es, der den Kreisel anhält, er fängt Ingrid auf. Ingrid öffnet die Augen. Komm. Eben noch war die Tanzfläche voll, jetzt ist sie leer. Wir sind die Letzten. Komm, sagt Moritz, wir fahren.

Am Ende der Nacht finden sich alle. Gordan ist auch wieder da. Er fährt den Wagen, fährt etwas zu schnell. Die Reifen quietschen im Parkhaus.
Mann, mach das Licht an!
Gordans Gesicht direkt über dem Lenkrad, er kichert. Alter. Wenn die uns nicht sehen, können sie uns auch nicht anhalten.

Der ist doch besoffen. Moritz kurbelt sein Fenster herunter. Moritz hängt den Kopf zum Fenster hinaus. Ein kühles Lüftchen. Ich behalt mal den Seitenstreifen im Blick. Ingrid auf der Rückbank, ihr ist schwindelig. Die beiden Jungs vorne. Ohne Licht über die Landstraße.
Weiter links!, schreit Moritz. Der Wagen schlingert. Ingrid ist schlecht. Sie hört Gordan kichern, dann ist sie weg. Wacht erst wieder auf, als die Fahrertür zuschlägt. Moritz' Stimme: Und Ingrid?
Die kann doch im Auto schlafen, sagt Gordan. Schritte entfernen sich. Lass die doch im Auto schlafen!, hört Ingrid ihn rufen. Sie schlägt die Augen nicht auf. Gordan entfernt sich, Moritz ist nah, öffnet die Tür neben Ingrid, ist plötzlich über ihr.
So ein Quatsch, sagt Moritz, einmal laut, für Gordan, und einmal ganz leise, für Ingrid. Mit einer Hand greift er in ihre Achsel, mit der anderen unter die Knie. Moritz hebt Ingrid aus dem Auto, und Ingrid schlägt die Augen nicht auf, Ingrid ist wieder Kind, das gefunden wird, im Maisfeld, unter dem Esstisch. Moritz trägt Ingrid ins Haus, die Treppe hinauf, wankend. Dem Mädchen zittern die Lider. Moritz trägt es in sein Zimmer, Blümchentapete, Idole, er legt das Mädchen aufs Bett, und noch immer schlägt es die Augen nicht auf. Für einen Moment weicht Moritz' Körper von dem des Mädchens, es raschelt, Quatsch, Quatsch. Moritz streichelt die Brüste, er schiebt das T-Shirt hoch und streichelt die nackte Haut. Aber nicht lange. Moritz zieht dem Mädchen die Hose aus, das geht schnell, Becken anheben, Hose herunter. So ein Quatsch, sagt Moritz, und der letzte Laut, der bleibt stehen, als

müsse Moritz das Mädchen beruhigen, schsch, dabei tut's gar nicht weh. Tut nur kurz weh, dann ist Moritz in Ingrid, Moritz ist über ihr, sie riecht seinen Schweiß. Das war also der Geruch, den sie die ganze Nacht in der Nase hatte, das war also Moritz. Ein bisschen tut Moritz ihr weh, seine spitzen Hüftknochen, ein Stechen innen und außen, aber das dauert nicht lang. Einige Wellen Bewegung, dann stöhnt Moritz und sackt über Ingrid zusammen.

Ingrid schlägt die Augen auf und ist überrascht, dass es schon hell ist in ihrem Zimmer. An der Wand über ihr leuchten blass die Sterne von früher. Moritz ist schwer. Ingrid legt die Arme um ihn, aber das fühlt sich nicht richtig an, Ingrids Arme fallen zurück auf die Matratze. Moritz neben ihrem Ohr röchelt, er rollt von ihr herunter. Ingrid dreht den Kopf, will ihn ansehen, doch Moritz hat sich aus ihrem Blickfeld gerollt, Moritz ist weg, Schritte auf Teppich. Ingrid spürt etwas Warmes zwischen den Beinen, Sickern, Sperma. Ein Wort wird Gefühl, mit diesem Gefühl schläft Ingrid ein.

Ingrid wacht auf, und alles klebt. Vor dem Fenster füllt die Sonne gleißend den Himmel. Ingrid steht auf, sie geht duschen. Ingrid läuft im Bademantel durchs Haus. Der Kühlschrank ist nach wie vor leer, aber im Vorratsschrank findet Ingrid noch eine Dose. Verstaubt, in der hintersten Ecke, weiße Bohnen. Ingrid öffnet die Dose, geht löffelnd weiter. Sie findet Moritz im Bett ihrer Mutter. Sie nimmt auf der Bettkante Platz, kauend, und sieht Moritz an. Moritz liegt auf dem Arm, verdreht, das Schulterblatt ragt aus seinem Rücken wie eine Klippe. Das muss doch ziemlich unbequem sein, denkt Ingrid. Und im gleichen Moment, in dem sie das denkt, dreht Moritz sich um, reibt sich im Halbschlaf den Bauch. Ein Auge von Moritz klappt auf und wieder zu, als würde er zwinkern. In Ingrids Magen wühlt etwas, sie spürt, wie ihr heiß wird, Ingrid hält es nicht aus. Sie steht auf und geht raus, sie findet Gordan im Keller. In voller Montur, auf seinem Bett. Nicht einmal die Schuhe hat Gordan ausgezogen. Ingrid überlegt, ihm den Gefallen zu tun, doch bevor sie zur Tat schreiten kann, wird ihr übel. Die Bohnen, Ingrid schafft es gerade noch hoch in die Küche. Sie kotzt ins Spülbecken. Ingrid steht eine Weile über das Becken gebeugt und lässt das Wasser laufen. Dann legt sie sich wieder ins Bett. Halbschlaf, Hitze und Durst. Gedanken an Sommerlaub. Ein Lächeln, das ist also Sperma.

Stunden später ist Gordan aufgestanden, steht Gordan im Gegenlicht. Er lehnt im Türrahmen und mustert Ingrid, die auf dem Bett liegt. Ingrid sieht von ihrem Buch auf. Hält Brüderchens Blick stand. Von draußen ist das Grillfest der Nachbarn zu hören.

Wir fahren zum See, wenn du mitkommen willst. Er wendet sich ab, bereits im Flur ruft er: Jetzt!

Gordan und Moritz klettern die Hänge des Baggersees hoch, ihre Silhouetten steigen dem blauen Himmel entgegen. Gordan legt den Arm um Moritz' Schultern, und Ingrid wundert sich. Die zwei sind Kumpels, aber nicht solche. Eben. Gordans Arm schließt sich um Moritz' Hals,

Schwitzkasten, Gordan will Moritz zu Boden reißen. Moritz lacht, der Ghettoblaster fällt ihm aus der Hand, rutscht auf Ingrid zu, eine Welle Sand vor sich herschiebend. Moritz ist einen Kopf größer als Gordan, er hat gut lachen. Alter!, ruft Moritz und wehrt Gordans Fäuste ab. Die beiden rollen den Hang hinunter. Ingrid greift sich den Ghettoblaster, geht weiter. Oben angekommen, blickt sie auf den See, auf Deckenlager, die Bagger am anderen Ufer. Sie hört die Stimmen der Jungs, nur Spaß.
Moritz wird einen blauen Fleck davontragen, in der Größe von Gordans Faust, unter den Rippen.

Sind es Wochen oder nur Tage? Es ist Sommer, und sie sind zu dritt. Jener erste Abend wiederholt sich, wie alles. Das Licht ist immer das gleiche und Ingrid immer die Letzte, Moritz sammelt sie ein. Sie brechen in Schwimmbäder ein, sie klauen Maiskolben vom Feld, sie klauen dem Nachbarn die Kirschen vom Baum. Das Blubbern der Bong, sie rauchen Eimer, fallen über den Zaun und in die Hecke. Sie kriechen durch die Hecke, und da ist Moritz, seine Zunge streift Ingrids Ohr. Ingrid muss lachen, sie macht sich gleich in die Hose. Beinahe überfahren sie die Katze des Nachbarn, als sie rückwärts aus der Garage setzen, mit quietschenden Reifen zur Tankstelle. Sie sitzen auf der Motorhaube des Golfs, die Boxen vibrieren, sie essen Eis. Der Geruch von Benzin. Moritz immer mit Buch unterm Arm, Büchern, Moritz muss lernen. Nachts kommt er zum Mädchen, es tut fast gar nicht mehr weh. Manchmal ist es ganz schön. Kein Kitzeln, nicht in den Knien oder sonst wo, aber darum geht es auch nicht.

Es geht darum, dass Moritz da ist. Das Mädchen liegt still. Bevor es hell wird, geht er hinüber ins Elternschlafzimmer. Wenn Ingrid aufwacht, ein Sickern, ist Moritz weg.
Zwei plus eins, ein Sommer zu dritt. Die Türen und Fenster stehen offen, es ist heiß. Die Sonne sinkt, grellrosa Licht über dem Acker, wir melden uns wieder mit den Tagesthemen. Im Fernsehen regiert der dicke Mann. Es ist Sommer und im Fernsehen irgendeine Meisterschaft, das Flutlicht über dem grünen Rasen, die Blitzlichter, ein Pokal. Sie hausen zu dritt im kleinkalifornischen Schloss am Feldrand, sie sitzen auf der Terrasse und versuchen, die Kirschkerne zur Siedlung hinüberzuspucken.
Ein paar Dörfer weiter baut der Vater das Dachgeschoss aus, der Junge soll Platz haben.
In der Toskana lauscht die Mutter Zikaden. Vielleicht ruht ihr Blick auf dem Mann, der neben ihr liegt, und sie ist glücklich.

Dann beginnt es zu regnen. Sie spielen Tennis, im leeren Schwimmbecken, gegen die Wand. Aber auch das macht nur kurz Laune, auch das wird bald fad. Im Fernsehen nur Schrott, tagelang regnet es, Moritz mit Buch auf dem Sofa. Toxikologie, lautet die Antwort auf Ingrids Frage, was er da macht. Moritz allein auf dem Sofa, Moritz in Gedanken woanders. Er kommt nicht mehr jede Nacht zu Ingrid ins Bett.
Eines Morgens, nach einer Nacht, in der Moritz nicht bei ihr war, steht er plötzlich im Zimmer. Es regnet noch immer, wird nie wieder aufhören zu regnen. Moritz trägt

einen Rucksack. Bevor er etwas sagt, wird vor dem Haus schon der Golf angelassen.
Mädchen, sagt Moritz, ich muss jetzt mal los. Er macht einen Schritt auf Ingrid zu: Küssen?
Mädchen schüttelt den Kopf. Moritz grinst, er zieht Ingrid zu sich heran, und er küsst sie, natürlich. Bevor Ingrid den Kuss erwidern, die Arme um seinen Hals werfen kann, ist Moritz weg. Mach's gut, sagt er, und im nächsten Moment steht das Mädchen am Fenster, der Golf unten fährt los. Mit Vollgas. Ingrid am Fenster schluckt, so also fühlt sich das an.
Ingrid steht immer noch schluckend am Fenster, als Tage später ein Taxi vorfährt. Auf keinen Fall soll Gabriele sie so sehen, ein Mädchen am Fenster, ich liebe dich. Auf gar keinen Fall, da legt Ingrid sich lieber ins Bett.
Gabriele schließt die Haustür auf, ihre Stimme erklingt. Gabriele ist glücklich, besagt diese Stimme, Gabriele kehrt glücklich nach Hause zurück. Da kann ihr die Sauerei, die sie vorfindet, nichts anhaben, der Schweinestall, pfeifend, i wo. Gabriele macht sich trällernd daran, aufzuräumen, zu spülen und Wäsche zu waschen. Aus der Stereoanlage ertönt eine Oper. Ingrid verkriecht sich im Keller. Sie schlüpft zu Gordan ins Bett, wie früher, als sie ein Kind war und das Heulen durchs Haus ging. Nur dass es nicht heult, sondern trällert und sie jetzt eine Bong rauchen.
Also, ich weiß nicht, sagt Ingrid, nachdem sie eine Weile schweigend geraucht haben, so ertrage ich sie irgendwie auch nicht.
Und Gordan, mit glasigen Augen: Wie, so?

Glücklich, sagt Ingrid, und Gordan verschluckt sich vor Lachen am Rauch.

Die Geschwister müssen das Glück der Mutter nicht lange ertragen. Irgendwann ist das Haus wieder sauber, die Wäsche gewaschen, gebügelt. Gabriele stellt die Musik aus. Ihr Trällern verstummt. Die Stille ist unüberhörbar. Gordan und Ingrid halten die Luft an. Alle sind mucksmäuschenstill. Doch das Telefon klingelt nicht. Nicht heute, nicht morgen, am Tag darauf auch nicht. Da beschließt Gabriele, nach einer Flasche Wein beschließt sie, dass sie nicht darauf warten wird, angerufen zu werden. Gabriele ist eine erwachsene Frau, schließlich kann sie ja selbst. Im Keller halten sich Gordan und Ingrid die Ohren zu. Doch es lässt sich nicht überhören: Gabriele, die nach Manfred verlangt. Die es auf Englisch probiert. Gabriele, ohne ein Wort Italienisch. Für die Manfred nicht zu sprechen ist, in welcher Sprache auch immer.
In den Nächten, die folgen, denkt Ingrid an Manfred. Sie stellt ihn sich dick vor, wie einen Tenor. Sie liegt in ihrem Bett und stellt sich vor, wie er in der Toskana an einem Tisch sitzt, um den Hals eine Serviette, und tellerweise Spaghetti frisst. Wie er das Telefon einfach klingeln lässt. Durch die Zimmertüren hindurch hört sie die Mutter weinen. Die Mutter liegt an einem Ende des Flurs in ihrem Bett und Ingrid am anderen, die Mutter weint, und Ingrid zählt: Neun, zwölf, fünfzehn Tage ist Moritz schon weg.

Zwanzig, siebenunddreißig, hundertachtzigtausend Tage, träumt Ingrid im Zug. Scheiße, brüllt Gordan, Scheiße, Mann, Sportstadion!
Ingrid schreckt hoch und blickt ins Gesicht eines rotwangigen Mädchens, über dessen Schulter Schlittschuhe hängen. Gordan packt Ingrid am Ärmel, zieht sie hinter sich her.
Sie stehen am Gleis, die Türen schließen, die Bahn fährt davon.

VIER

Zurück in Ingrids Wohnung kriechen die Geschwister ins Bett. Nur die Köpfe und die Hände ragen noch unter der Decke hervor. Im Fernsehen ein Märchen. Julia Roberts trägt eine blonde Perücke und Lackstiefel. Gordan will umschalten, aber Ingrid sagt: Nicht. Ich möchte das sehen. Ingrid rückt die Fernbedienung nicht raus. Julia Roberts schläft mit Richard Gere, küssen will sie ihn nicht. Dabei hat sie so einen schönen Mund. Sie weigert sich, ihn zu küssen, doch Ingrid weiß, früher oder später wird sie es tun, Ingrid weiß, wenn sie ihn küsst, später, ist es aus Liebe. Nicht für Geld. Das erklärt Ingrid Gordan, denn Gordan versteht manchmal die einfachsten Dinge nicht. Gordan stöhnt. Soll er stöhnen, Ingrid schaltet nicht um. Richard Gere und Julia Roberts in der Wanne, ihr Bein ist hundertzwölf Zentimeter lang. Julia Roberts wäscht Richard Geres haarlose Brust mit einem Schwamm. Sie haben keinen Sex in der Wanne, sie haben Sex auf einem Klavier. Julia Roberts trägt unter dem weißen Bademantel ein schwarzes Spitzenteil, Liebe machen heißt das. In Ingrids Hals wächst ein Kloß, nach dem ersten Akt schwillt er an, Ingrid kennt den Film, hat ihn schon zigmal gesehen, warum wird dann der Kloß im Hals immer größer? Warum tut das so weh? Weil's funktioniert. Weil das ein Märchen ist. Weil du ein Mädchen bist. Das tut nur kurz weh, dann wird alles gut.

Ingrid schwitzt, und auch Gordan wird es zu heiß unter der Decke, ihm wird langweilig, weil er nicht umschalten darf. Gordan beginnt zu rumpeln, Gordan liest Münzen auf, in der ganzen Wohnung sucht er nach Münzen.
Wir brauchen Geld, Ingrid.
Gordan sammelt Pfandflaschen ein, und während er große Flaschen und kleine Flaschen herbeiträgt, Plastik- und Glasflaschen aus der ganzen Wohnung, erzählt er Ingrid, was Ingrid nicht hören will. Ingrid hat gar nicht gefragt.
Moritz heiratet, ruft Gordan aus der Küche herüber.
Vielleicht hätte Ingrid noch gefragt, aber jetzt, in diesem Moment, hat sie nicht gefragt. Ingrid hat Fieber. Ingrid ist krank. In dem Moment, in dem Gordan ruft, dass Moritz heiratet, hat sie gedacht, dass Julia Roberts wirklich einen sehr großen Mund hat. Und große Nasenlöcher, Nüstern sind das beinahe.
Moritz heiratet eine schöne, kluge, reiche Frau, sagt Gordan und tritt ans Bett: Eine Ärztin.
Gordan merkt nicht, dass Ingrid nichts hört. Ich finde, sie hat einen sehr schönen Mund, sagt Ingrid, und ich wette meinen Arsch darauf, dass sie ihn küsst.
Klar küsst die den, sagt Gordan, das ist Richard Gere.
Gordan stellt die Milchflasche zu den anderen Flaschen.
Die muss er noch ausspülen, denkt Ingrid, so nehmen die sie nicht.
Also, fährt Gordan fort, er lässt sich heute partout nicht beirren, Gordan ist völlig unbeirrt heute. Der kennt keine Gnade trotz des steigenden Fiebers der Schwester.
Moritz' Ärztin muss arbeiten. Also kommt Moritz Silvester.

Als sei das logisch. Als könne er auf gar keinen Fall zu Hause auf dem Sofa sitzen und warten, bis seine Ärztin nach Hause kommt.
Junggesellenabschied, du verstehst. Gordan macht eine Geste, die ficken bedeuten kann, oder koksen, vielleicht sogar beides. Richard Gere macht ein Gesicht, das Liebe bedeutet, und Mundgeruch. Richard Gere verwendet ein sehr starkes Aftershave, das übertüncht einiges, aber wenn man ihm so nah ist wie Julia Roberts, riecht man den Mundgeruch trotzdem. Wenn man solche Nüstern hat, riecht man es einfach.
Warum in aller Welt tut das so weh?
Weil du nie einen Schal trägst, weil du, ohne Mütze, im Morgengrauen auf dem Acker, bei minus sechs Grad. Das musste ja mal so kommen, sagt Gordan. Er steckt Ingrid ein Fieberthermometer in den Mund, er schmeißt immer mehr Decken auf Ingrid drauf, ein fürsorglicher Bruder. Ingrid verschwindet unter den Decken. Die Katze wittert ihre Chance auf Ruhm, sie klettert auf den Deckenberg, nimmt ganz oben Platz. Dort thront sie, als sei alles ihr Verdienst, Pretty Woman, Weihnachten, man hat es ihr zu verdanken. Ingrids Telefon klingelt. Graziella ruft an und sagt, Wenn du Fieber hast, bleib lieber zu Hause. Woher weißt du, dass ich, will Ingrid fragen, krank bin? Doch die Chefin hat bereits aufgelegt. Gordan nimmt Ingrid das Thermometer aus dem Mund. Siebenundvierzig acht, sagt er und lacht. Ingrids Telefon klingelt. *Jenny Mobil* blinkt es. Ingrid geht nicht ran. Warum tut das auf einmal so weh, wenn das Telefon klingelt? Das ist doch vorbei. Ingrid erwartet keine Anrufe mehr. Einmal, da hat Ingrid so sehn-

süchtig auf einen Anruf gehofft, dass sie, als ihr Telefon dann endlich geklingelt hat, aufgesprungen, losgerannt ist, auf dem Weg zum Telefon fiel sie hin und schlug sich den Kopf an, daran erinnert Ingrid sich nun. Das tat höllisch weh. Und Gordan, am anderen Ende der Leitung: Eiswürfel. Bei solch einer Beule helfen nur Eiswürfel, Schwesterchen. Ingrids Telefon klingelt. *Jenny Mobil.* Ingrid nimmt nicht ab. Sie kämpft sich unter den Decken hervor, um das Ende zu sehen. Die Katze erschrickt, als sich der Berg unter ihr in Bewegung setzt. Maunzend springt sie davon. Ein hartes Leben, denkt Ingrid, immer enttäuscht. Wenn alles, was einem widerfährt, eine Enttäuschung ist. Das kann einem in Hollywood nicht passieren, oh nein:

Eine weiße Limousine fährt vor. Richard Gere steht im Schiebedach der Limousine, er schwingt seinen Regenschirm wie ein Schwert, einen Strauß Rosen. Die Limousine hupt, Tauben fliegen auf. Oben in der Wohnung packt Julia Roberts ihre Tasche. Sie hört das Hupen, sieht auf. Sie tritt ans Fenster. Richard Gere zieht mit dem Griff seines Schirms die Feuerleiter herunter, er erklimmt die Sprossen, immer entlang der Wand, immer höher. Richard Gere hat Höhenangst. Für Julia Roberts überwindet Richard Gere seine Höhenangst. Dafür kommt sie ihm auch ein paar Stufen entgegen, sie löst ihr Haarband, schüttelt ihr Haar. Sie halten sich in den Armen, Schirm, Rosen, Locken und alles.

Richard Gere: Und was passiert, nachdem der Prinz die Prinzessin gerettet hat?

Julia Roberts: Danach rettet sie sein Leben.

Sie küssen sich. Nachdem sie das erste Mal geküsst haben und es Liebe war, eine teuer erkaufte, eine wahre Liebe, nachdem sie ein Liebespaar waren und er alles zerstört hat, indem er sie wie eine Nutte behandelt hat, nachdem sie ihm gesagt hat, dass sie das Märchen will, küssen sie sich.
Der Schlüssel geht im Schloss, und Gordan tritt ein. Er hat die Pfandflaschen zurückgebracht und vom Erlös eine Dose Ravioli, Schokokekse und Cola gekauft. Ingrid wischt sich Tränen aus den Augen.
So schlimm?, fragt der Bruder. Ingrid nickt. Gordan legt die Hand an ihre Stirn, legt er nicht, Gordan lacht. Jetzt gibt's was zu essen.
Ingrid schläft ein, das Piepen der Mikrowelle weckt sie. Ingrid schläft ein und wacht mit Ravioli im Mund auf. Gordan hat heimlich umgeschaltet, es läuft Motorsport. Ingrid kaut, schluckt und schläft wieder ein, das Heulen der Motoren in ihrem Kopf.

Ingrid bleibt ein paar Tage im Bett, vielleicht zwei. Da ist ein Phantom in ihren Träumen. Ein Ich-liebe-dich. Da ist eine Frau, die trägt ein Stethoskop um den Hals, ihr Pferdeschwanz schwingt von links nach rechts, wenn sie den Gang entlangläuft. Die Frau hat sehr lange Beine, ein Meter und zwölf, so ein Bein. Dann ist da noch das Vibrieren des Telefons an ihrem Ohr. Jenny verlangt nach Worten und Blicken und Liebe. Aber Liebe ist nicht käuflich. Liebe lässt sich nicht einfordern, Jenny. Ingrid wacht auf, den Mund voll Schokoladenkeks. Ingrid wacht auf, und da sind überall Ravioli in ihrem Bett, wer hat denn die

Sauerei gemacht! Du ruinierst dir noch die schönen Ravioli, hört Ingrid Jenny sagen. Aber das ist nur das Telefon. Einen Moment lang hat Ingrid die Bedeutung des Wortes Mobil vergessen, einen Moment lang ist das Wort reiner Klang. Mobil. Vielleicht sagt Ingrid in ihrem Traum ganz leise Nein. Vielleicht packt sie die Frau beim Pferdeschwanz, vielleicht reißt sie die Frau daran zu Boden. Oder sie schneidet ihn ab. Nein. Ingrid wird wach, und Gordan steht im Zimmer, Gordan und noch ein Mann, den Ingrid nicht kennt. Der Mann trägt einen Kapuzenpullover. Als Ingrid die Augen aufschlägt, sehen Gordan und der Mann zu ihr hinüber. Gordan legt den Finger an die Lippen. Ingrid muss schlafen, sie kann sich nicht wehren, ihre Augen fallen zu, der Sog ist zu stark. Ingrid hat die Augen geschlossen, aber unter den Lidern ist Ingrid sehr wütend: Was fällt dir ein, deine Kumpel hierherzubringen, was fällt dir eigentlich ein? Und überall Ravioli! Wütender wird Ingrid nicht.

Nach etwa zwei Tagen ruft Graziella nicht mehr an, um Ingrid zu sagen, dass sie um Gottes willen zu Hause bleiben soll, wenn sie krank ist. Da steht Ingrid auf und geht arbeiten.

FÜNF

Über der Tür des Klubs hängt noch immer die Schleife, Wind und Wetter haben ihr zugesetzt. Olga auch etwas mitgenommen, übernommen, an Ingrids Schichten. Ingrid will sich entschuldigen, Ich war wirklich krank, doch Olga lässt sie nicht ausreden: Das geht schon in Ordnung, ich kann die Kohle gebrauchen.

Olga hat sehr weiße Haut und sehr blonde Haare, sie hat diese Wangenknochen und einen Dutt am Hinterkopf. Aber eben auch einen Mund, der sich zur Nase hochzieht, das nennt sich Scharte. Ein hässliches Wort, viel zu hässlich für Olga. Die ist Preisboxerin mit Ballerinaeinschlag, oder umgekehrt, Ballerina mit Preisboxerinneneinschlag, wenn man Edgar fragen würde, sogar Schneekönigin mit Ballerinapreisboxerinneneinschlag. Nur fragt Edgar niemand, Edgar steht vor der Tür. In den langen Stunden und Nächten zwischen Weihnachten und Neujahr stellt er sich die russische Bardame im Inneren einer Schneekugel vor, und in Gedanken schüttelt Edgar und schüttelt, damit es um Olga, auf einem Bein, ohne Tutu, ohne alles, ihre weiße Haut, niemals aufhört zu rieseln.

Olga ist keine Frau großer Worte, und so stehen Ingrid und sie hinter dem Tresen, eine hell, die andere dunkel, da stehen sie nun. Ingrid mag Olga. Olga hegt keine Gefühle für Ingrid, sie stellt lediglich fest, das Mädchen ist dünn, es ist jung, es sieht aus, als käme es aus gutem Hause. Olga sieht ein Goldkettchen mit Herzanhänger, geflochtene Zöpfe, ein rosa Kinderfahrrad vor einem Haus, wenn sie Ingrid anguckt. Sie sieht einen Bausparvertrag und ein Auto zum Abitur. Eine gefallene Prinzessin, diese Ingrid, eine fallende Prinzessin. Die ist noch nicht unten angekommen, denkt Olga, wenn sie die Geldscheine am Ende des Abends zählt, bevor sie Ingrid ihre Hälfte gibt. Die Hälfte, die in Wahrheit drei Achtel sind. Olga braucht das Geld dringend, dringender als dieses Mädchen, das einfach seine Eltern um Geld bitten könnte, wenn es nicht so stolz wäre, oder dumm. Olga, deren Leben eine Reise war, aus dem russischen Nirgendwo ins Jetzt, deren Kind nun schon sieben Jahre überlebt hat und immer noch in einem Gitterbett schläft. Ein Kind ohne Zöpfe, ohne Goldkettchen, dafür mit Medikamenten. Das alles weiß Ingrid nicht, sie hat irgendwann beschlossen, dass sie Olga mag, das war einfach da, dieses Gefühl. In Gedanken versunken steht Ingrid hinter dem Tresen, während Mike auf der Bühne sein Ächzen von hinten in Mona hineinpumpt, es kommt vorne, aus Monas Mund, als Stöhnen heraus. Jeden Abend das Gleiche.

Willst du einen Kaffee, sagt Olga, ich mache uns einen Kaffee, und sie sagt das so wunderbar kehlig, dass man nicht umhinkann, sich auf der Stelle in sie zu verlieben. Und wie aufs Stichwort klingelt prompt Ingrids Telefon, das heißt, es leuchtet, neben der Schale mit den geschnittenen Limetten. *Jenny Mobil* wird es noch einige Male leuchten in dieser Nacht, und keiner nimmt ab.

Was sonst noch passiert, in dieser Nacht: Olga sieht genau

hin, als Ingrid den Becher mit Kaffee zum Mund führt. Sie beobachtet Ingrids runden Mund, die wunden Lippen landen am heißen Rand des Gefäßes. Ein Zischen, ein Zucken, verdammt. Ein Lächeln umspielt Olgas Mund. Sie will der Prinzessin nichts Böses.
Und sonst: Mike zielt auf Monas Mund und trifft ihre Augen. Die Wimpern verkleben, Mona schüttelt verärgert den Kopf. Ingrid hinter dem Tresen denkt nichts Bestimmtes, denkt an dieses und jenes, alles zugleich, und immer wieder an Moritz. Sie wird ihn einfach nicht los, muss sich ablenken, Ingrid muss irgendetwas machen, was bloß, Limetten schneiden. Ingrid schneidet Limetten. Vorsicht! Der Finger! Zu spät, Dornröschen. Olga schüttelt den Kopf. Wie viele Limetten denn noch, wie viele Finger. Lieber soll Ingrid von hinten ein neues Fass Bier holen. Doch vorher ein Pflaster. Endlich hat auch Graziella etwas zu tun, ihr ewiges Getigere vertreibt noch den letzten Gast. Graziella war in einem früheren Leben Krankenschwester, Graziella mit weißem Häubchen auf dem Kopf legt den Verband an. Ein tiefer Schnitt, blutet wie blöd. Unterm Häubchen hervor: Wann Ingrid sich endlich zusammenreißen wird? So geht das nun schon eine Weile. So geht das nicht weiter. Ingrid zuckt mit den Schultern, Das ging doch immer schon so.
Was sonst noch passiert: Eine Neue stellt sich vor, eine Dicke. Ganz kleine Hände hat die, und Füße, balanciert ihren Körper auf winzigen Kufen.
Nie im Leben ist die volljährig, zischt Kathi, als sich alle am Tresen versammeln, lass sehen. Volljährig nicht, aber gelenkig. Bald weiß keiner mehr, wo unten und oben.

Dean treibt sein Stöhnen in Kaskaden aus Fleisch. Die Neue hat einen Kerl dabei, der sieht genau hin, was seine Dicke da tut für ihr Geld. Für sein Geld. Der Kerl ist ein Macker mit spitzen Schuhen, ist ein Zuhälter, was Graziella allerdings später, als alles wie immer ist, im Hinterzimmer mit Schnaps und man die Neue bespricht, von sich weist, und zwar weit.
Das ist der ihr Mann!, plärrt Graziella. Meinst du, ich geb mich mit Zuhältern ab!, schnaubt sie empört. Die eine oder andere Untergebene verzieht hinter vorgehaltener Hand das Gesicht, nickt, als wolle sie sagen, dass es nichts gebe, was sie Graziella nicht zutrauen würde, solang es sich rechnet. Wenn das mal nicht Olga war, ein Flüstern von Ausbeutung, wenn das mal nicht Olga war, einen Hunderter aus der Kasse, während alle anderen im Hinterzimmer, eine Flasche Rum aus der Bar. Im Hinterzimmer bemängelt Kathi die Laute der Neuen, die immer gleichen hohen Töne, das nimmt der doch keiner ab. Mike stimmt ihr zu. Er (also, er) wünscht sich ja schon seit langem mal so eine vollkommen stille Nummer, bei der höchstens die Latten der Bühne knarren, denn das lässt sich ja leider nicht abstellen (oder? Graziella schüttelt den Kopf), die Latten der Bühne knarren also, aber sonst ist es still. Und im Schein der Diskokugel dann die Bewegung zweier Körper, dick oder dünn, das ist ihm völlig egal. So stellt Mike sich das vor. Edgar grinst, Latten, die knarren, das findet er lustig. Dean merkt an, dass Seile in etwas fetterem Fleisch seines Erachtens besser aussähen. So was hat er schon einmal vorgeschlagen, er kommt auf seinen Vorschlag zurück. Diese Fleischmassen, zusammengeschnürt

zu einem Paket, und dann, Deans Hüfte kreist. Nur hat Dean keine gefragt. Graziella wirft ihm einen Blick zu, ein Blick wie ein Gummiball, der stopft Dean das Maul. Wer hat nur diesen Typ eingestellt? Graziella wendet sich den Zahlen zu, sie muss die Zahlen noch einmal durchgehen, es steht nicht gut um den Klub. Mona schenkt ein. Sie trinken. Da betritt Olga den Raum, Olga guckt etwas betreten, gut, dass alle gerade die Köpfe im Nacken, auf ex. Nur Ingrid bemerkt Olga. Aber Ingrid setzt man bekanntlich mit einem Grinsen schachmatt. Es klirrt, als Olga ihre Tasche neben Ingrids Stuhl abstellt. Ingrid errötet und betrachtet eingehend das Pflaster um ihren Finger, ein roter Fleck, keiner vermochte die Blutung zu stillen.
Was sonst noch passiert: Kleine Gläser werden auf Tische geknallt, ausgeleckt. Das ein oder andere Gesicht taucht vor Ingrid auf, Lallen, dann wird es dunkel.

Ingrid schreckt aus dem Schlaf, sitzt aufrecht im Bett. In ihrem Traum hat es geknistert, wie Flammen, die sich in ihre Bettdecke fressen, es roch nach Rauch. In der Küche maunzt die Katze, auf dem Sofa grunzt Gordan, Ingrid reibt sich die Augen, riecht, schaut sich um, nein, alles in Ordnung. Dann fällt ihr das Datum ein. Sie hat eine Verabredung, das ist ein Termin. Sie muss sich beeilen. Ingrid schlägt die Bettdecke zurück, sie trägt noch das Kleid vom Abend zuvor, sie muss nur die Schuhe anziehen, den Mantel, und los.
Auf dem Weg zum Café kommt Ingrid an einem Blumenladen vorbei. Im Gehen erblickt sie, zwischen Kakteen

und Christsternen, einen Kübel mit gelben Nelken. Die werden es sein, weiß Ingrid plötzlich ganz sicher, ihr Vater wird sich für die Nelken entscheiden. Sein Weg vom Parkhaus führt hier entlang. Gelbe Nelken wird Werner kaufen, für sein graues Kind. Alles andere haben sie nach und nach aufgegeben, Familienzusammenführungen, Telefonate ohne besonderen Anlass, Postkarten aus dem Urlaub, all diese freundlichen Überflüssigkeiten sparen sie sich. Aber zwischen den Jahren treffen sich Vater und Tochter, zwischen den Jahren schenkt Werner der Ingrid einen Strauß Blumen. Am Neunundzwanzigsten oder am Dreißigsten fährt er in die Stadt, um Raketen zu kaufen, dann trinken sie Kaffee.
Ingrid öffnet die Glastür, es ist warm im Café, sofort beginnt Ingrid zu schwitzen. Sie nimmt an einem Tisch in der Ecke Platz, und ihr Blick fällt auf die Uhr über dem Eingang. Ingrid ist viel zu früh, eine halbe Stunde zu früh, sie hätte in Ruhe noch duschen können. Ingrid hätte sich frisch machen können, sie ist ziemlich unfrisch. Die Kellnerin kommt, Ingrid bestellt Kaffee, ihr fällt ein, dass sie kein Geld hat, aber was soll's, bisher ist Werner noch immer gekommen. Bisher hat Werner noch immer gezahlt. Ingrid legt das Kinn in die Hand, da hätte sie wirklich noch. Hätte sie geduscht, würde Ingrid sich besser fühlen. Kleine Gläser, Lallen, manch ein Gesicht, Ingrid zuckt, das Kinn ist ihr aus der Hand gerutscht, sie war kurz eingenickt. Ingrid blickt in eine Tasse mit schwarzem Kaffee, die vor ihr steht.
Die Zeiger über der Tür schleichen langsam voran, Ingrid fallen noch ein paarmal die Augen zu. Und als sie schon

glaubt, der Vater taucht nicht mehr auf, er kommt dieses Jahr einfach nicht, jetzt hat er vergessen, dass es sie gibt, steht Werner plötzlich und fröhlich am Eingang. Winkt ihr zu mit einer Plastiktüte, aus der Holzstiele ragen. Ingrid hebt leicht die Hand, ihre Finger lösen sich kaum von der Tischplatte. Ingrid sieht sich um. Als sie kam, war das Café leer, jetzt ist es voll. Mit ihrer Tasse verhält es sich umgekehrt. Werner bahnt sich einen Weg zwischen Kinderwagen und Hunden und Tischen hindurch. Frohe Weihnachten, sagt Werner und steht vor Ingrids Tisch, meine Güte, sagt er, was für eine Kälte, sagt er, war das letztes Jahr auch so kalt, sagt Werner, und Ingrid will, dass er sich setzt. So zum Vater aufsehen, das schmerzt im Nacken. Doch bevor er sich setzt, sagt Werner Voilà und zaubert einen Strauß hinter seinem Rücken hervor. Gelbe Nelken, Ingrid nimmt sie entgegen, denkt kurz an Großmütter, Pudel, legt den Strauß auf den Tisch.
Danke, sagt sie.
Ein kurzes Zögern, die Möglichkeit einer Umarmung, wenn Ingrid aufstünde, aber das mit den Umarmungen lassen sie eben schon lange. Ingrid hat ihren Vater das letzte Mal an seinem fünfzigsten Geburtstag berührt, auf die Wange geküsst hat sie ihn und es noch im Kuss bereut. Alle, die um sie herumstanden, haben so komisch geguckt. Die Frau und der Sohn von Werner, die anderen Gäste, als hätte Ingrid etwas getan, das sich nicht gehört.
Jetzt hat Werner endlich den Mantel abgelegt, sich hingesetzt und als Erstes das kleine Gläschen mit dem Teelicht darin von links nach rechts geschoben, So. Nur Ingrids Blumenstrauß, der bleibt, wo er ist, den rührt er

nicht an. Denn der dient als Beweis: Werner vergisst seine Tochter nicht. Jetzt endlich sieht er sie an, Werner blickt Ingrid kurz in die Augen. Die Möglichkeit von etwas, Echo eines Gefühls, aber das lassen sie ja. Verlegenheit auf beiden Seiten. Ingrid hat Glück, vor ihr steht die Tasse, mit Löffel darin, da hat sie was für die Finger. Aber auch Werner weiß sich zu helfen, er schiebt einfach das Teelicht zurück, von rechts nach links, und den Zuckerstreuer gleich hinterher. Ich brauche Platz, sagt er und lacht, er räuspert sich, Also. Ich bestelle erst mal. Winkt der Kellnerin zu, die kommt auch sofort. Ingrid streicht sich das Haar aus der Stirn und schämt sich etwas, sie hätte wirklich noch duschen können. Irgendwie hat sie sich mit der Zeit vertan. Werner lächelt an Ingrid vorbei die Kellnerin an. Ingrid erinnert sich, worum es hier geht, warum sie hier ist, und reißt sich zusammen. Sie richtet sich in ihrem Stuhl auf und sieht, wie der Blick des Vaters an ihrer Brust hängen bleibt. Sein Lächeln erlischt. Ingrid blickt an sich herab. Sie sieht, was ihr Vater sieht, einen bräunlichen Fleck auf ihrer Bluse. Tomatensauce? Wein? Ingrid bedeckt den Fleck mit der Hand, Und?, fragt sie und neigt dabei den Kopf. Sie weiß, warum sie hier ist, sie ruft es sich ins Gedächtnis. Rede und Antwort stehen, etwas von sich erzählen. Werners Frage beantworten, die eine Frage, die er jedes Jahr stellt. Und dann. Ingrid ist gewillt und bereit. Ihr wäre nur lieb, wenn es schnell gehen könnte, sie ist wirklich müde. Das Spiel muss in Gang kommen, sonst sitzen sie morgen noch hier. Werner sieht auf, ihr in die Augen und schnell wieder weg. Ja, sagt er und blickt seinem Cappuccino entgegen, der auf einem silbernen

Tablett in den Händen der Kellnerin naht. Ja, sagt Werner, Mensch. Ingrid nickt. Ingrid macht die Spielregeln nicht, Ingrid spielt mit, sie hört ihrem Vater erst einmal zu. Der braucht etwas Vorlauf für seine Frage. Gut, sagt Werner und beginnt von seinen zwei zu erzählen, seinen zwei geht es ganz gut. Dazu lächelt er. Werner lächelt, und in Ingrids Blickfeld taucht die Hand der Kellnerin auf, stellt eine Tasse vor Werner hin. Haben Sie Süßstoff?, fragt Werner. Ingrid dreht sich in ihrem Stuhl um, sieht der Kellnerin zum ersten Mal ins Gesicht. Ein samthäutiges Wesen, es lächelt, es dreht sich um, geht mit wiegenden Hüften davon, um Süßstoff zu holen. Ja, sagt Werner, und Ingrid dreht sich zum Tisch zurück, der Jonas habe ja in diesem Jahr das Abitur gemacht. Ingrid nickt. Jonas, der Junge. Melanie, Werners Frau. Ingrid sagt sich in Gedanken die Namen vor, damit sie sie notfalls parat hat. Ingrid nickt, Abitur. Ein passables Abitur, und jetzt müsse man eben mal sehen – die Kellnerin stellt einen Süßstoffspender vor Werner hin. Wieder lächelt Werner ihr zu. Wie es weitergeht, fährt Werner fort, denn der Junge habe sich in den Kopf gesetzt, Tierpfleger zu werden, und das! sei natürlich völliger Quatsch. Ingrid nickt, hört auf zu nicken. Da müsse man jetzt mal sehen. Zwei winzig kleine Tabletten versinken im Milchschaum. Denn um Tierpfleger zu werden, hätte Jonas ja kein Abitur machen müssen, also bitte, da reicht doch ein Hauptschulabschluss. Das sei doch ein ziemlicher Unsinn, Tierpfleger mit Abitur. In Ingrid flammt etwas auf. Kurz will sie den Jungen in Schutz nehmen, diesen Jonas, sie will ihn verteidigen und seine Liebe zu Eisbären, Zebras und Gnus,

aber dann fällt ihr ein, dass sie diesen Jungen nicht wirklich kennt, ihr fällt ein, wie angewidert der sie angeguckt hat, vor Jahren, als sie ihren Vater auf die Wange geküsst hat. Ingrid beschließt, die Klappe zu halten. Sie weiß, warum sie hier ist, Ingrid wartet auf seine Frage, die eine, die er jedes Jahr stellt. Werner seufzt. Veterinärmedizin, darüber lasse sich reden. Oder warum nicht Biologie? Da könnte der Jonas auch was mit Tieren machen, wenn es denn unbedingt sein muss. Werner winkt ab, trinkt Cappuccino. Der Milchschaum bleibt in seinem Schnurrbart hängen, das kann Werner nicht sehen, er kann auch nicht sehen, dass der Milchschaum im Schnurrbart wie Schnee aussieht, Neuschnee am Morgen. Obwohl Werner den Schaum in seinem Bart nicht sieht, nicht sehen kann, fängt er an, vom Skifahren zu reden. Werner erzählt vom anstehenden Skiurlaub, vom vergangenen Skiurlaub und dem davor. Ingrid nickt. Wenn Werner sich warm reden muss, dann soll es so sein. Ingrid trinkt die zweite Tasse Kaffee, und langsam kommt ihr Herz in die Gänge. Sie nickt. Angeregt. Inklusive Skipass, mit dem Auto ist man schnell da, wenn die Straßen einigermaßen frei sind. Vom Winterurlaub kommt Werner auf den Sommerurlaub zu sprechen, vom Sommerurlaub auf sein neues Auto, auf Steinschlag, auf TÜV, auf Versicherung, auf laufende Kosten, auf Altersvorsorge, auf die Frage, wie der Junge sich das vorstellt, ein Leben als Tierpfleger. Ingrid blickt zur Uhr über der Tür, es ist mehr als eine Stunde vergangen.
Das weiß ich auch nicht, sagt sie und entschuldigt sich, sie will kurz raus, eine rauchen.

Durch das große Caféfenster beobachtet Ingrid, wie Werner die Raketen auspackt und sie auf dem Tisch nach Größe sortiert. Sie hat ihren Mantel über der Stuhllehne hängen lassen, zitternd steht Ingrid draußen und stellt sich vor, sie sei Jonas und stünde vor dem Affengehege. Sie stellt sich vor, sie ginge gleich rein, um die Viecher zu füttern. Den Werner, der mit traurigem Blick und Gorillahänden die Apfelstücke aus der Plastikwanne klaubt, stellt Ingrid sich vor. Wenn es gut läuft, hat der Silberrücken Erbarmen mit ihr, dann nimmt er sie mit, von Liane zu Liane, in den Urwald hinein.

Drinnen dann statt Apfelschnitzen und Bananen Schwarzwälder Kirsch. Der Vater hat bestellt, als Ingrid hereinkommt, steht an ihrem Platz ein Teller mit einem Stück Torte.

Dünn bist du geworden, sagt Werner und lässt die Raketen verschwinden.

Das wäre doch eine gute Überleitung zur Frage, denkt Ingrid. Feststellung, Torte, Frage. Doch Werner sagt nur: Lass es dir schmecken.

Ingrid nimmt einen Happen und schmeckt nichts, süß fährt es ihr in den Kiefer. Sie lässt die Gabel sinken und bestellt noch einen Kaffee. Werner zählt all die Berufe auf, die er angedacht hat für seinen Jungen, Bauingenieur, Betriebswirt, Anwalt. Weihnachtsmann ist nicht dabei, stellt Ingrid fest und denkt an den anderen Jungen, der schnarchend auf ihrem Sofa liegt.

Naja, sagt Werner, und nächstes Jahr vielleicht mal eine große Reise, ohne den Jonas, der wird ja bis dahin ausgezogen sein. Werner redet und redet, und Ingrid wird immer wacher, Werners Worte schrillen in ihrem Kopf. Nächstes Jahr wollen wir Weihnachten mal in die Sonne. Das sind nicht die Worte, die schrillen, das ist Werners Telefon. Werner entschuldigt sich. Er geht ran und Ingrid aufs Klo.

Ingrid stützt sich aufs Waschbecken, ihr Herz schlägt schnell, treibt all das Blut durch ihren Körper. Ein Blick in den Spiegel. Sie sieht noch schlimmer aus, als sie sich fühlt, muss Ingrid sich eingestehen. An ihren aufgeplatzten Lippen braune Ränder, Kaffee und Torte und was immer sie letzte Nacht gegessen hat. Ingrid wäscht sich den Mund, aber das hilft nur bedingt, die Hautfetzen an ihren Lippen haben die braune Farbe schon angenommen. Mit spitzen Fingern zieht sich Ingrid die Fetzen vom Mund. Das tut weh, das ist irgendwie, schön. Ein Tropfen Blut auf ihrer Lippe. Rot ist besser als braun, beschließt Ingrid. Sie sieht sich im Spiegel an, Ingrid lutscht an ihrer blutenden Unterlippe, und ihr kommt der Verdacht, Werner könnte die Frage dieses Jahr einfach nicht stellen. Am Ende hat er die Frage schlichtweg vergessen. Da die Frage aber gestellt werden muss, immerhin ist sie das letzte bisschen Familientradition, das Ingrid noch bleibt, stellt sich Ingrid die Frage ganz einfach selbst. Sie stellt die Frage, und einen Moment lang herrscht Stille in dem kleinen, gekachelten Raum.

Zurück am Tisch fasst der Werner sich kurz, Ja, ja, und Tschüss. Er legt auf. Schöne Grüße soll er bestellen, von Melanie, und einen guten Rutsch. Melanie, Ingrid hat den Namen parat, die Antwort auch: Schöne Grüße zurück.

Ingrid fragt sich, woher sie wissen wird, dass das Treffen beendet ist, wenn Werner die Frage nicht stellt. Die Torte war keine gute Idee, jetzt hat Ingrid Zahnschmerzen. Die Torte war eine Scheißidee, in Ingrid keimt Wut auf. Werner, verdammt, ich hab mir schon als Kind nichts aus Süßem gemacht. Ingrid kennt diese Wut, sie weiß, sie kann sie wegstarren. Wenn Ingrid regungslos dasitzt, geht die Wut von alleine weg. Also starrt Ingrid die Blumen an, während ihr Vater erzählt. Durch den Wind ist die Melanie, ziemlich, sie hatten Besuch über die Feiertage. Sollen Nelken nicht helfen bei Zahnweh? Ingrid zupft die gelben Blütenblätter vom Strauß. Sie merkt, wie sie allmählich nervös wird. Am neunundzwanzigsten Dezember fährt Werner in die Stadt, oder am dreißigsten, um Silvesterraketen zu kaufen. Dann trifft er die Tochter, schenkt ihr Blumen und lässt irgendwann, meist zum Abschied, einen Fünfzig-Euro-Schein in ihre Hand gleiten. Ingrid weiß auch nicht, wie er das immer macht, ohne sie zu berühren, zumal der Schein zusammengefaltet ist. So klein, dass Ingrid Werners Frau im Verdacht hat. Denn Werner mit seinen Gorillapranken, nie im Leben faltet der den Schein selbst. Ingrid fragt sich, ob es sein kann, dass ihr Vater so wenig auf Tradition gibt, dass er nicht nur die Frage, sondern mit der Frage auch gleich den Schein vergessen hat. Das fragt Ingrid sich, allmählich nervös, und steckt sich ein Nelkenblatt in den Mund.

Werner hat sich die Brille in die Stirn geschoben und tippt auf seinem Handy herum. Ich muss mal eben, Werner muss sich mal eben kümmern. Um den Karpfen. An Silvester soll's nämlich Karpfen geben. Den muss man aber

bestellen, und das hat sie vergessen, die Melanie. In all der Hektik. Das hat sie ihm gerade gestanden. Jetzt muss Werner mal eben gucken, ob er hier nicht die Nummer vom Fischhändler. Wenn die Frau von Werner den Karpfen vergessen hat, hat sie bestimmt auch vergessen, den Schein zu falten. Es ist zum Verzweifeln. Ingrid stopft sich Blütenblätter in den Mund und schiebt sie mit der Zunge an die Stelle, die schmerzt. Schmeckt bitter, aber irgendwie gut. Ingrid kaut auf den Blütenblättern, schon lässt der Schmerz nach. Um sicherzugehen, viel hilft viel, rupft sie noch ein paar Blätter, ach was, Ingrid stopft sich die Blütenköpfe ganz in den Mund. Werner sieht's nicht, der telefoniert, Werner bestellt einen Karpfen. Nicht zu klein!, Werner lacht, man kennt sich, der Fischhändler und er. Werner legt auf, einen Moment lang betrachtet er noch sein Telefon, schüttelt belustigt den Kopf, über den Scherz des Fischhändlers, über die Vergesslichkeit seiner Frau. Dann steckt er das Telefon in die Innentasche seines Jacketts, klappt die Brille von der Stirn auf die Nase. Er mustert Ingrid, einen Moment lang, als würde er sich wundern, wer in aller Welt diese Frau ist. Die Kellnerin erspart ihm die Antwort. Sie tritt an den Tisch, streckt ihre samthäutige Hand nach seiner Tasse aus.
Darf ich?
Aber bitte, natürlich.
Ingrid sieht ihren Vater an, der der Kellnerin nachschaut. Sie sieht ihn lächeln und weiß, jetzt! erinnert er sich an seine Frage. Telepathie, Zufall, vielleicht sogar Logik, egal, Ingrid hat recht.
Und, sagt Werner, indem er ihr das Gesicht zuwendet, du?

Jetzt!, weiß Ingrid und schließt die Augen.
Kellnerst du noch?
Ingrid öffnet langsam den Mund. Nelken quellen hervor, ein Schwall gelber Blüten ergießt sich über den Tisch.

Während sie die Treppe zu ihrer Wohnung hochsteigt, streicht Ingrid den Geldschein glatt. Den Blumenstrauß, ziemlich zerrupft, hat sie unter den Arm geklemmt. Die letzten Stufen in Zeitlupe, Schlüssel ins Schloss. Ingrid lässt den Strauß fallen, als sie die Wohnung betritt, schlurft rüber ins Zimmer, nichts wie aufs Sofa. Ingrid so müde, dass sie nicht mal erschrickt, als sie den Typ sieht, der da sitzt. Auf ihrem Sofa. Der Typ sieht auf, Hey, sagt der Typ, der trägt Kapuzenpullover, der sollte Ingrid bekannt vorkommen, als Typ. Ingrid erschrickt nicht, sie will einfach nur zwei Dinge wissen: Erstens, wer bist du? Zweitens, was machst du in meiner Wohnung? Völlig unaufgeregt, berechtigte Fragen. Der Kerl erhebt sich, groß ist er, bevor er in ganzer Größe vor Ingrid steht, ertönen schon Schritte im Hausflur. Sie kommen von oben. Ingrid dreht sich um und sieht Gordan, der grinsend die Wohnung betritt. Das Grinsen erlischt, sein Gang verliert an Schwung, als er Ingrid erblickt. Schnell steckt er die Hände in die Hosentaschen, säuselt den Namen der Schwester. Ja, Ingrid ist schon zurück. Nein, sie hat sich noch nicht. Bekannt gemacht. Mit Max. Was macht denn der Max hier, in Ingrids Wohnung? Gordan abholen. Und dann ziehen sie, äh, um die Häuser. Es ist dieses Äh, das Ingrid kennt. Ingrid sieht Max an, kapiert. Ingrid holt Luft, Du hast ja wohl, schon schreit sie: den Arsch offen!

Die Jungs ducken sich unter Ingrids Schrei weg, nach draußen, die Treppe hinunter, hopp hopp. Ingrid steht sekundenlang still. Dann rennt sie los. Die Treppe hinauf, zum Dachboden. Sie schiebt, tritt die Kisten beiseite, sie findet nicht gleich, was sie sucht. Sie muss erst niesen, sich umsehen. Dann endlich entdeckt sie die Dose. Unter dem Giebel, auf einem Balken. In der Dose waren mal Lebkuchen, später waren in der Dose Filzstifte. Als Gordan noch ein Kind war, das Bilder malte, und Ingrid eines, das auch haben will. Jetzt enthält die Dose Pillen und Pulver. Langsam stellt Ingrid die Dose zurück. Alle Schwäche verflogen, nur noch das Pumpen des Bluts. Macht einen auf Brüderchen, macht einen auf Freund und reißt sie mit rein in die Scheiße. Ingrid stürmt aus dem Haus auf die Straße, Ingrid läuft los. In Richtung Innenstadt. Sieh zu, dass du Land gewinnst, du – Ingrid läuft und sie tobt, immer am Fluss entlang. Jogger kommen Ingrid entgegen, ein Frachtschiff zieht an ihr vorbei. Die Luft ist kalt, alles ist klar, wird immer klarer. Gordans Rumpeleien, seine Verstecke. Synonyme für Arschloch: Idiot, Wichser, du Schwein. Aus der Wut schmiedet Ingrid ein Rüstzeug. Sie macht sich stark gegen den Bruder, seine Sprüche, sein Betteln. Sie rüstet sich gegen die Liebe zu ihm, gegen das Gefühl, dass er das Einzige ist, was sie noch hat. Ingrid biegt ab Richtung City, sie geht zwischen Bankentürmen entlang, und wo sie schon einmal dabei ist, rüstet sie sich auch gleich gegen Moritz. Wie kannst du es wagen. Nach allem, was war. Ingrid fallen spontan drei Lieder ein, die von Vergeltung handeln. Sie pfeift alle gleichzeitig. Atonales Fiepen im Brustkorb, Ingrid läuft schnell.

Ingrid marschiert durch die Straßen und ist unverletzbar. Als sie die Oper erreicht, beschließt sie, dass sie auch ihren Vater nie wiedersehen wird, sie wird ohne den Fünfziger klarkommen. Das beschließt Ingrid nicht, sie weiß es ganz einfach. Noch hat sie den Geschmack von Nelken im Mund, aber auch das wird vergehen. Ingrid raucht eine Zigarette, so vergeht's schneller. Rauchend, auf einem Bein stehend, mit der Schuhspitze die Wade kratzend, steht Ingrid und sieht zur Inschrift über dem Eingang der Oper hinauf. Dem Wahren Schönen Guten. Ingrid fühlt sich gut. Und weil sie sich gerade so wahr fühlt, kann sie auf die Nachrichten von Jenny nicht antworten. *Hey Süße Schöne Beste Liebste. Zuckerstück. Wo steckst du was treibst du alles klar melde dich mal. Alles in Ordnung? Sehen wir uns später? Wieso gehst du nicht ran? Bist du sauer? Alles okay? Hey?* Und zu guter Letzt, in Großbuchstaben, ohne Küsse, Kisses, vermiss dich: *WAS? IST? LOS?* Ingrid kann gerade nicht antworten. Stell dir vor, just in dem Moment, in dem mir das Telefon aus der Hand fiel, fuhr ein Laster vorbei! Ein leises Knirschen, und Ingrids Telefon ist flach wie ein überrolltes Reptil. Ein Frosch, in den Asphalt gepresst. Ist der Frosch ein Reptil? Nein, eine Amphibie. Ingrid ist wahr, sie braucht niemanden, gar niemanden, außer sich selbst. Ingrid wirft das Telefon in den Fluss. In hohem Bogen, versteht sich. Die Schwäne schwimmen herbei, doch das Telefon sinkt sofort auf den Grund.

Stark, wie sie sich fühlt, mischt Ingrid sich unter die Leute. Fußgängerzone, Weihnachtsgedudel. Die ganze Stadt auf den Beinen, Geld ausgeben, Geschenke umtauschen, ein Drängeln und Quengeln. Aber Ingrid kann das nichts anhaben. Ingrid ist eine Insel. Eine Insel mit Loch im Bauch, die Insel ist innen hohl. Ingrid überlegt, wie lange die letzte richtige Mahlzeit her ist. Tage. Ingrid kauft sich einen Hamburger und setzt sich auf eine Bank. Ingrid sitzt auf einer Bank und isst einen Hamburger, da entsteht ein paar Meter weiter Tumult. Das langgezogene Heulen einer Frau ist zu hören, schon hat sich eine Menschentraube gebildet. Jemand ruft nach einem Arzt. Das Heulen der Frau reißt nicht ab. Ingrid steckt sich den letzten Bissen in den Mund, kauend geht sie, bahnt sich einen Weg durch die Menge. Ingrid nähert sich dem Heulen und glaubt, was immer sie sieht, wird ihr nichts anhaben können. Ingrid ist eine Insel. Doch dann steht Ingrid vor einer Frau, bunte Röcke, langer Zopf, die Frau kniet auf dem Boden und hält ein Bündel in den Händen. Die Decken zur Seite geschlagen, gerissen, und im Kern des Bündels steckt etwas. Erst sieht Ingrid ein kleines Bein, dann einen Arm. Ingrid erschrickt, trotzdem macht sie noch einen Schritt, sie wird gedrängt von den Leuten, die auch sehen wollen. Was ist da los. Das Baby. Mit dem Baby stimmt etwas nicht. Das Baby ist blau angelaufen und das Heulen der Frau wie eine Sirene, Doktor, Doktor, schreit die Frau und streckt Ingrid das Baby entgegen. Ingrid weicht zurück, aber da ist plötzlich noch eine Frau am Boden, noch eine Hand, die nach Ingrids Bein greift, Sehen Sie, das Kind! So helfen Sie doch! Ich, stammelt Ingrid, immer nur Ich Ich, als sei sie selbst das Baby, Ingrid spürt, wie auch sie steif wird, ihre Ärmchen stehen vom Körper ab, wie Fahnen, eingefroren, sie kriegt keine Luft. Warum deckt denn niemand das Kind zu, das Kind friert doch, es ist schon ganz blau!

Immer dunkler blau, fast schon schwarz ist das Baby, und geschrumpft ist es auch, als würde es gleich eine andere Form annehmen, eine Form vor Baby, Zellklumpen. Ingrid stürzt, Taumel durch Zeit, das Weihnachtsgedudel verzerrt, die Deko rauscht an ihr vorbei. Im Sturz Engel, stürzende Engel macht Ingrid, Ingrid macht Engel, sie stürzt davon. Wohin, erst mal die Treppe runter, erst mal ums Eck. Herzrasen, Martinshorn. Über Ingrids Kopf der Laufschritt der Sanitäter. Es ist zu spät, Ingrid weiß es, sie sagt es: Zu spät. Ingrid atmet. Sie steht unter der Erde, im Neonlicht, vor einer gelb gekachelten Wand. Kein Grund zur Panik. Was muss Ingrid auch immer so neugierig sein. Das hast du nun also vom Gaffen. Ingrid beruhigt sich, aber die Wut ist zerbröckelt, das Rüstzeug dahin. Auf wackligen Beinen geht sie davon.

Im Klub trinkt Ingrid zuerst einen Schnaps. Man sieht nicht alle Tage ein Baby ersticken. Nicht alle Tage erstickt ein Baby. Doch. Aber nicht vor Ingrids Augen. Ingrid trinkt noch einen Schnaps und dann noch einen. Da klopft Graziella auf den Tresen, Graziella haut mit der Faust: Ich bezahl dich doch hier nicht fürs Saufen! Aus einem Winkel in der Tiefe der Spiegel ein Grinsen von Edgar. Schon gut. Reg dich nicht auf.

Eine Gruppe Männer fällt ein. Eine Gruppe bierbäuchiger, mittelständlerischer, familienvorstehender, schwitzender Männer in Feierlaune. Graziella reibt sich die Hände. Am Rande von Ingrids Bewusstsein ein senfgelber Mantel. Ein Unternehmer für Hubtechnik. Ganz peripher das Wissen: Der ist der Boss. Der tritt mit seinem gelblichen Trenchcoat, Bürstenhaarschnitt in die Mitte des Raums, die Rechnung auf ihn. Ingrid schenkt sich einen Schnaps ein und macht den ersten Strich auf den Deckel des Pissers. Dabei bleibt es dann auch, Striche, Pisser, Peripherie, zwischen Ingrid und der Welt steht ein Tresen. Dahinter Betriebsfeier. Pisser hat nicht nur Trenchcoat, er hat auch Spendierhosen an. Der Abschluss eines verdammt guten Jahres, die Sekretärin bleibt heute Abend zu Hause. Was sich so Spaß nennt: Pisser zahlt, und alle machen mit. Graziella buckelt, Olga lächelt, Edgar streckt leibwächtermäßig die Brust. Es werden Zigarren angesteckt. Wassereinlagerungen, der Ehering schneidet ins Fleisch. Dazu trinken sie Fernet. Der Adler muss fliegen, die Musik lauter, und Kathi zack zack! Bloß keine Pause aufkommen lassen, das könnte der Abend des Jahres werden. Die Adler fliegen tief, Graziella ihr Lotse. Kathi im Trippelschritt vorbei, im Netzanzug. Kathi, die Beine hinterm Kopf, die Beine um den Hals und runter, Kathi steckt sich den Fuß in die Möse, und zwar den linken. Was das soll? Nichts. Sie macht es, weil sie es kann. Die Männer grölen, und Kathi ist etwas verunsichert, das war gar nicht lustig gemeint. Zum Glück kommt Mike, seinen Schwanz in der Hand, das ist doch mal eindeutig. Den Männern tropft das Grölen vom Kinn. Graziellas Finger beschreibt einen Kreis, noch eine Runde, von beidem, Ficken und Fernet. Den Männern um den Senfgelben wird alles geboten. Was der Klub zu bieten hat, wird ihnen dargebracht. Doch das reicht nicht. Dort hinten, zwischen den Spiegeln, da steht eine still. Die lächelt ja nicht. Die ist gar nicht da. Ein hübsches Ding, was soll die kosten? Ingrid regt sich, sie

muss kurz, die Hände im Spülwasser, sie war kurz mit den Gedanken woanders. Eine Bierwampe an ihrem Tresen, ein senfgelber Fleck, insistiert:
Was die kostet?
Wer, die?
Die hier, du da.
Ist nicht zu haben.
Schallendes Lachen des Kunden, Ingrid muss rülpsen, Steck dir. Mit samtsanfter Stimme: Wie wäre es, Sie steckten sich. Unter schwarzblauen, bleiernen Lidern: Alter, steck dirn Fingern Arsch. Schreck höchstens ob der Artikulation, nicht ob des Inhalts. Olga reicht ein Glas Wasser, Ich mache hier mal weiter. Ingrid wird auf ein Bierfass gesetzt. Ingrid hat schon vergessen, aber der Senfgelbe nicht. Der steht am Tresen und starrt Ingrid an.
Du hältst dich wohl für was Besseres.
Ob er das gesagt hat oder Olga, ist nicht ganz klar.
Nein, schlechter, sagt Ingrid. Und zwar um Welten.

Die Welten verschieben sich. Ingrid auf ihrem Bierfass schläft ein, und die Welt dreht sich weiter. Ingrid schläft ein, und der Pisser mustert sie noch eine Weile, mustert sie, bis seine Leute ihn rufen, er soll kommen und sich das ansehen.
Ingrid träumt von einem Adler. Sie träumt von einem Hasen, den sie in den Händen hält, und um ihre Füße streicht schon der Fuchs. Zu Ingrids Füßen das Raubtier und über ihrem Kopf, hoch am Himmel, der Vogel. Spannt seine Flügel und gleitet dahin. Eben noch Adler, jetzt schon ein zwitscherndes gelbes Etwas in taumelndem

Flug. Ingrid stürzt, und als sie die Augen öffnet, ist der Abend vorbei. Die Lichter sind an. Ingrids Hintern tut weh. Ingrid rutscht vom Bierfass, reibt ihr Gesicht. Warum habt ihr mich nicht geweckt. Aber Edgar und Olga vor dem Tresen beachten sie gar nicht. Edgar fragt Olga, wo sie denn hinwill. Nach Hause, sagt Olga. Edgars Stimme seltsam schutzlos, fast bettelnd: Wartet da jemand auf dich? Olga verwehrt ihm die Antwort, schenkt ihm jedoch einen Blick. Sie schlüpft in ihr Preisboxerjäckchen, Olga ist raus. Und Ingrid, die den Blick nicht gesehen hat, weil sie in Gedanken noch stürzt und die Hände voller Gesicht hat, sagt reibend zu Edgar: Vergiss es, bei der hast du keine Chance.

Die Welt hört auf, sich zu drehen, es ist Nacht. Die Menschen schlafen in ihren Betten, schlafen unter Brücken und Decken. Die Nacht legt sich über die Stadt, ein Schweigen. Über der Stadt der Himmel, am Himmel die Sterne. Über den Häusern der Mond. In einem Fenster ist Licht. Eine ist wach. Die sitzt an ihrem Tisch, Jahre später. Sitzt da und tippt. Die bringt was zu Ende. Die schiebt ihre Hand unter den Rock, summt sich in finstere Höhen, ins All.

Es tut einen Schlag, und Ingrid ist wach. Sie blickt in ihre Augen. Ihre Augen nah und schwarz und verwischt. Ingrid weicht zurück, immer kleiner werden die Augen, je weiter sie weicht, ihr Gesicht nimmt Kontur an. Der Schlag, das war ein Spiegel. Eine verspiegelte Schrankwand stand Ingrid im Weg. In einem Zimmer mit bunter Tapete, mit

Chiffonvorhängen und Teppich. Neben dem Bett griechische Säulen. Ingrid trägt nur noch BH. An ihren Schenkeln klebt Blut. Auf dem Bett Edgar.
Vier Türen im Flur. Hinter der ersten Tür eine braun gekachelte Küche, hinter der zweiten das Bad. Hinter der dritten dann: eine Wiege mit Mobile, eine Wickelkommode, Stofftiere, Dosen und Tuben. Ingrid tritt ein und nimmt ein Bild aus dem Regal. Es zeigt eine Frau mit Säugling im Arm. Schon wieder ein Baby, aber das hier ist rosig und drall, wie sich's gehört. Die Frau auch, wie sie sein soll, mit Brüsten und Mund. Der Mund lächelt. Die Augen wie Knöpfe so blank. Ingrid erwidert ihr Lächeln. Neben der Frau ist Edgar zu sehen, er hat den Arm um sie gelegt. Das Bild wiederholt sich, mit Ingrid als Frau, ohne Baby. Edgar steht neben ihr, legt ihr die Hand auf die Schulter. Er nimmt ihr das Bild ab und stellt es zurück ins Regal.
Komm, sagt er und führt Ingrid davon.
In der Küche setzt Edgar Ingrid auf einen Stuhl. Er reicht ihr ein Bier. Dabei fällt sein Blick auf seine Hände, getrocknetes Blut. Edgar sieht auf.
Im Schrank im Bad, sagt Edgar, ist Kram. Einen Moment lang glaubt Ingrid, er meine Pflaster. Doch Edgar zuckt mit den Schultern: Von meiner Frau.
Als Ingrid in die Küche zurückkehrt, hat sich Edgar die Hände gewaschen. Edgar zieht Ingrid auf seinen Schoß und in der gleichen Bewegung aus der Hosentasche ein Tütchen. Edgar legt sein Gesicht in Ingrids Nacken. Es tut mir leid, sagt er. Ingrid versteht nicht, was Edgar meint. Sie sieht sich um, alles sauber und ordentlich, am Kühlschrank Postkarten, neben dem Kühlschrank ein Napf

mit Milch, Was tut dir leid? Das sagt Edgar nicht, Edgar stippt vor Ingrids Bauch den gewaschenen Finger ins Tütchen. Edgars Arme umschlingen Ingrid, Ingrid lutscht das Pulver von seinem Finger. Und noch mal. Ingrid lutscht an Edgars Finger, spürt seinen Schwanz an ihrem Arsch. Ein Klaps auf den Oberschenkel, Ingrid steht auf, dreht sich um. Edgars Finger gleitet aus Ingrids Mund und seine Zunge hinein, verteilt den bitteren Geschmack. Ingrid muss lachen: Das schmeckt ja wie Nelken! Aber man kann nicht gleichzeitig lachen und küssen. Edgar nimmt Ingrids Gesicht in seine Hände, Edgar betrachtet Ingrids Gesicht, Edgar lacht.
Später, im Schlafzimmer, ist es Ingrid, die Edgar betrachtet, mit Händen und Augen, Schneidezahn, Gaumen, und findet ihn schön. Edgar erzählt irgendetwas, aber Ingrid hört ihn nicht reden, Ingrid findet Edgar einfach nur schön. Die feinen Striche unter den Augen, die Punkte auf seiner Haut. Edgar redet und redet, und Ingrid thront auf ihm, Ingrid blickt auf Edgar hinab. Wieder und wieder gibt Edgar Ingrid seinen Finger zum Lutschen, und Ingrid lutscht. So wird Ingrid ganz leicht, Lippen und Zunge kitzeln. Edgar zieht Ingrid aus, alles in Zeitlupe. Edgar hält Ingrids nacktes Gesicht in seinen Händen. Ich habe es immer gewusst, sagt Edgar, er flüstert es in Ingrids kitzelndes Ohr. Ingrid schließt die Augen und denkt, was für ein Wunder Edgar doch ist.

Du musst jetzt gehen, sagt Edgar, während er das Bett frisch bezieht. Die Nacht ist vorbei, vor dem Fenster fällt Schnee. Ingrid schlüpft in ihr Kleid, beeilt sich, ist, so schnell sie kann, an der Tür. Doch da ruft Edgar Ingrid zurück. Ingrid steckt den Kopf ins Schlafzimmer und sieht ihn dort stehen, mitten im Zimmer, die Bettwäsche im Arm. Edgar macht einen Schritt auf Ingrid zu. Es tue ihm leid. Schon wieder Bedauern, Ingrid versteht nicht. Das sei jetzt in der Tat blöd. Aber könntest du, könnte Ingrid vielleicht, also. Kannst du die mitnehmen? Ingrid versteht immer noch nicht. Was soll denn der Hundeblick. Da streckt ihr Edgar die Arme voll Bettwäsche entgegen. Kurzer Schwindel, Ingrid kapiert. Bist du bekloppt? Edgar weiß, das ist jetzt blöd. Aber, ey, im Moment läuft's eh nicht so doll. Und wenn die das, wenn Edgars Frau die Bettwäsche sieht, weiß sie sofort. Edgar macht noch einen Schritt auf Ingrid zu. Ingrid ohne Rüstung, ganz ohne Wut.

Tüte, sagt Ingrid, Bündel im Arm, hast du ne Tüte.

Klar, Edgar verschwindet und kehrt kurz darauf raschelnd zurück. Ingrid stopft die Wäsche in die Tüte, Blutflecken nach unten.

Mensch, danke, sagt Edgar.

Scheiße, sagt Ingrid und geht.

Ingrid verlässt ein kanarienvogelgelbes Mietshaus am Stadtrand. Sie trägt die Tüte den betonierten Weg zwischen den anderen kanarienvogelgelben Mietshäusern entlang. Es schneit immer noch, die Flocken schmelzen, sobald sie den Boden berühren. Als Ingrid die Straße erreicht, hält dort gerade ein Bus. Ingrid steigt ein. Kaum sitzt sie, überkommt Ingrid Müdigkeit. Eine jahrealte Müdigkeit. Etwas in Ingrid bricht. Der Bus fährt durchs

Wäldchen, am Sportstadion und den Villen vorbei in die Stadt. Es hört auf zu schneien, es wird dunkel. Ingrids Stirn an der Scheibe, die Tüte auf ihrem Schoß. Eine Träne, die Wange hinab und auf den Kragen des Mantels. Am Hauptbahnhof steigt Ingrid aus, überall Mülleimer, aber Ingrid schmeißt die Tüte nicht weg. Ingrid trägt die Tüte in einen Waschsalon. Der Waschsalon ist gelb erleuchtet. Ingrid wäscht die Wäsche bei sechzig Grad. Sie starrt in die Waschtrommel und zählt in Gedanken Dinge auf, die gelb sind: Mietshäuser, Kanarienvögel, Briefkästen. Pisse. Eine Gruppe Männer mit Turbanen zieht ihre Rollkoffer am Fenster des Waschsalons vorbei. Auf einer Laterne plustern zwei Tauben sich auf, stecken die Schnäbel ins warme Gefieder. Ein silberner Mann erwacht aus der Erstarrung, steigt von seiner Kiste, kippt Münzen aus einem Zylinder in seine Hand. All das sieht Ingrid nicht. Die Sonne. Fanta. Nelken. Ingrid starrt in die Waschtrommel: Es war mal ein Mädchen.

SECHS

Es ist Sommer, und Ingrid ist achtzehn. Schule mittelmäßig beendet, aber beendet, fürs Erste ein Job an der Tankstelle. Die Zukunft ein Wort. Was zählt: Ingrid ist achtzehn und lässt sich von niemandem mehr durch die Gegend tragen. Eine Hand unter den Knien, die andere in ihrer Achsel, nein, das will sie nicht mehr. Da gibt's ein paar Jungs, aber keiner von denen nennt Ingrid Mädchen, das wagen die nicht.
Gordan ist auf und davon. Er wohnt jetzt bei einer Blondine namens Kerstin oder Nadine, in einer Souterrainwohnung im hässlichen Nachbardorf. Manchmal treffen Ingrid und Gordan sich auf der Tanzfläche, zufällig, dann gibt's ein großes Hallo. Dann überschlägt Gordan sich beinahe vor Freude, schmeißt Runden für Ingrid und ihre Jungs. Schwesterchen ist eine ganz coole Socke geworden, muss man mal sagen. Weiß sich zu bewegen. Sie hat so eine Art, sich beim Gehen zu strecken, wie Fußballer es tun. Und in Schwesterchens Bauchnabel funkelt's, wie cool. Hübsch und cool ist eine Kombination, die Jungs mögen. Ingrid weiß das, aber es hat nichts mit ihr zu tun. Sie hat gespart, der Job an der Tankstelle, 483 Mark. Das Geld liegt in einem Schuhkarton unter dem Bett, noch überlegt Ingrid, was anstellen damit. Wegfahren, nichts wie weg von hier, aber wohin?
Während Ingrid noch spart und überlegt, tut sich etwas

im Haus am Rande des Ackers. Es trällert und duftet. Die Mutter hat eine neue Frisur. Ingrids Ahnung bestätigt sich. Eines Nachmittags betritt sie die Küche und sieht einen Mann vor dem Kühlschrank stehen. Der Mann bemerkt Ingrid nicht gleich. Steht einfach nur da und starrt in den Kühlschrank. Ingrid bewegt sich, gibt Laut, die Tochter des Hauses. Der Mann erschrickt und ist unendlich verlegen, Ich, was soll ich sagen. Ingrid sagt gar nichts, sie lächelt und reicht ihm die Hand. Der Mann vor dem Kühlschrank heißt Gerald. Der Händedruck völlig in Ordnung, fest und nur ein klein wenig feucht. Gerald ist dünn. Einer, der in seiner Freizeit kilometerweit rennt. Ein Mann aus Haut und Sehnen, mit Turnschuhen, mit Brille. Schütteres blondes Haar, Schnauzbart. Ingrid greift nach der Saftpackung und dreht sich um. Aus den Augenwinkeln sieht sie, wie Gerald den Kopf schüttelt, er schämt sich, vor fremder Leute offenem Kühlschrank gestanden zu haben.

Aus den Augenwinkeln bekommt Ingrid mit, dass es gut läuft zwischen Gabriele und Gerald. Gerald schenkt Blumen, er holt Gabriele mit seinem Auto ab. Gerald ruft an. Und Gabriele scheint sich Mühe zu geben, sie trällert, trinkt literweise Brennnesseltee.

Gabriele ist glücklich, sie möchte, dass Ingrid mit Gerald und ihr zu Abend isst. Das würde sie freuen, das wünscht sich Gabriele nun mal. Also schiebt Ingrid ihren hübschen, ihren coolen Hintern auf die Terrasse, setzt ihn auf einen der Stühle. Ihr gegenüber Gerald, im blau gebügelten Hemd. Gabriele ganz Gastgeberin, sie rennt hin und her zwischen Küche und Tisch. Ingrid und Gerald rühren

keinen Finger, die lassen sich mal so richtig verwöhnen. Ingrids Mundwinkel kräuselt sich, das ist auch schon alles, sie ist bereit, ihren Teil beizutragen zum Glück ihrer Mutter, Ingrid hat Hunger. Ingrid lächelt, und Gerald putzt seine Brille. Schließlich steht das Essen, es dampft, viel Liebe ist drin, man nennt es: Paella.
Bon appétit!
Gabrieles Gesicht glüht. So heiß ist es nun auch wieder nicht, denkt Ingrid und isst. Gerald nimmt einen Happen und legt die Gabel beiseite. Gerald interessiert sich gar nicht so sehr fürs Reisgericht, der interessiert sich mehr für die Tochter des Hauses. Kauend mustert er Ingrid, als er geschluckt hat, sagt er: Der Franz hat es dir also angetan.
Ingrid sieht Gerald an, seine blitzgescheiten Äuglein hinter der Brille, und fragt sich, wieso der vom Franz weiß. Mit Franz war Ingrid hin und wieder am See, mit dem hat sie hin und wieder geschlafen. Ein netter Kerl. Das Besondere an ihm ist, dass er drei Brustwarzen hat. Links hat der Franz eine Brustwarze, rechts hat er zwei. Das sieht hübsch aus, Asymmetrie. Aber angetan wäre wirklich zu viel gesagt. Ingrid blickt in Geralds blitzgescheite, abwartende Äuglein, und da fällt ihr ein, dass Gabriele erzählt hat, was Gerald beruflich macht. Gerald gehört die Buchhandlung in der Fußgängerzone der Kreisstadt, Gerald ist Buchhändler. Und er redet nicht vom Franz mit den drei Brustwarzen und dem Japsen zum Höhepunkt, Gerald redet von dem anderen Franz in Ingrids Leben, dem mit den hohen Ohren und engen Augen, der aufgeschlagen auf dem Badewannenrand liegt. Gerald hat den alten, den

zerfledderten Franz gesehen, und jetzt interessiert er sich für die Tochter des Hauses. Ingrid scheint ein Hobby zu haben, das ihm entspricht. Vielleicht lässt sich da eine Leidenschaft teilen, eine Brücke schlagen. Ingrid brummt, sie nickt, der Franz, eine Brücke.

Schullektüre?, fragt Gerald. Ingrid schüttelt den Kopf. Höchst erfreut greift Gerald nach seiner Gabel, er schiebt sich Reisgericht in den Mund und seine Freude erlischt. Gerald kaut schnell und schluckt, was hat er denn? Gerald nimmt einen großen Schluck Weißwein, spült nach. Er legt die Gabel beiseite. Verschränkt die Hände ineinander, legt sie auf seine Brust. Mit dem Franz kennt Gerald sich aus, er beginnt zu erzählen. Das ist der Moment, in dem es Ingrid aus ihrem Wohlwollen herauskatapultiert. Genau genommen ist es der Blick, über den Rand der Brille hinweg. Ingrid erträgt diesen Blick nicht. Wenn einer sie so ansieht, hört Ingrid nicht zu. Ingrid lässt Gerald reden, sie lächelt und kaut, das ist ihr Beitrag zum Glück ihrer Mutter. Mehr geht nicht. Gerald hält einen Vortrag über den einen Franz, während Ingrid an den anderen denkt, ihr fällt nichts Besseres ein. Der ist ja wirklich ganz nett, aber dieses Japsen, es sind die kleinen Geräusche, die Ingrid nicht an ihm mag. Ingrid überlegt, Franz ein letztes Mal anzurufen, noch einmal zum See, dann Schluss machen, ohne Begründung. Vielleicht zuckt Franz nur mit den Schultern, Ingrid weiß nicht, was Franz von ihr will, sie will es nicht wissen.

Ingrid isst zwei Teller Paella, Gerald zwei Bissen. Gerald doziert, und Ingrid lächelt. Sie trinken Weißwein, der Abend plätschert dahin, Ingrid schenkt zur Beschleunigung nach. Fast hätten Ingrid und Gerald Gabriele vergessen. Sie bringt sich mit einer Frage wieder ins Spiel: Schmeckt es dir nicht?

Die Mutter glüht immer noch, stellt Ingrid fest.

Gerald blickt auf seinen Teller hinab. Naja, sagt er, ein wenig versalzen, findet ihr nicht?

Gerald entpuppt sich als wahrheitsliebender Mensch. Ein Aufrechter, der nichts isst, was ihm nicht schmeckt. Auch keiner Frau zuliebe.

Mir schmeckt's, sagt Ingrid kauend, doch Gabriele ist schon im Haus verschwunden.

Entfremdung also, sagt Gerald, ein ungelöster Konflikt zwischen Arbeit und Ich.

Samsa, sagt Ingrid und meint eigentlich So, so: Du bist also ein ganz schlauer Kerl, Gerald. Ein Buchhändler mit germanistischer Bildung. Doch weil Ingrid sich verspricht, kann Gerald nicken, er kann über den Rand der Brille hinwegsehen und zufrieden sein mit der Tochter des Hauses. Ingrid zieht in Betracht, sich die Zunge abzubeißen und sie ihm auf den Teller zu spucken. Sie stellt es sich vor, leidenschaftslos, eine Option.

Ingrid lässt Gerald reden und schiebt ihren Teller von sich. Sie ist satt, ihr hat's geschmeckt. Sie nimmt einen großen Schluck Wein. Gerald tut es ihr gleich, der kann gleichzeitig reden und trinken. Ingrids Blick fällt auf den Stuhl, auf dem Gabriele eben noch saß. Der ist immer noch leer. Ingrid denkt an ihr rotes Gesicht, wo bleibt Gabriele?

Ich seh mal kurz nach, ob ich helfen kann, unterbricht Ingrid Geralds Vortrag. Ein wohlerzogenes, ein milde ge-

langweiltes Mädchen. Ingrid steht auf, sie lässt Gerald sitzen.
In Fußballer-Manier geht Ingrid den Flur entlang auf die Küche zu. Letzte Schritte und eine Vorahnung, Ingrid stößt die Küchentür auf. Sie hat es gewusst. Dort sitzt die Mutter, neben der Flasche, ihr Lippenstift ist verschmiert. Sie blickt Ingrid mit wässrigen Augen an. Ingrid steht auf der Schwelle, sie weiß, jetzt könnte sie noch. Das Glück der Mutter sich selbst überlassen und gehen. Doch Ingrid kann nicht, sie entscheidet sich anders. Ingrid entscheidet, dass Gabriele sich so was nicht leisten kann. Der Buchhändler ist womöglich die letzte Chance auf einen Mann an ihrer Seite. Und das willst du doch? Das ist es doch, was du dir wünschst? Was soll dann der Scheiß? Ingrid packt ihre Mutter am Arm, zerrt sie ins Gäste-WC, Ingrid hält das Haar ihrer Mutter im Nacken zusammen, die neue Frisur. Ingrid steckt ihrer Mutter den Finger tief in den Hals. Da wimmert die Mutter und kotzt. Vom Klo zum Waschbecken, etwas zu grob, Spül dir den Mund aus. Gabriele auf einen Stuhl in der Küche. Gerald mitteilen, dass es einen Moment dauert, nicht lang, sie bereiten gerade Dessert. Gerald putzt seine Brille, denkt über Entfremdung nach, dazu trinkt er Weißwein. Der ist versorgt. Zurück in die Küche. Dort sitzt Gabriele und hat schon wieder ein Glas vor sich stehen. Ingrid nimmt es ihr weg. Ingrid kocht einen Kaffee, einen sehr starken Kaffee, sie will ihrer Mutter helfen, auch wenn sie nicht weiß, warum. Ist eben die Mutter. Aber Gabriele zu hüten ist schwer. Die ist ein Sack Flöhe. Während Ingrid froh ist, die eine Gabi draußen zu wissen, dem dozierenden Buchhändler

gegenüber, ist die andere Gabi schon in den Keller hinunter, zu ihrem Schnapsversteck. Ingrid kann ihr gerade noch rechtzeitig die Flasche entreißen. Doch es hilft alles nichts. Die nächste Gabi hat schon eine Sektflasche am Wickel. Ingrid, die in der Küche die rote Grütze auf Schüsseln verteilt, fährt beim Knallen des Korkens zusammen. Zur Feier des Tages!, schreit die Sektgabi, als Ingrid auf die Terrasse tritt. Ingrids letzte Hoffnung besteht darin, dass Geralds Äuglein hinter der Brille auch schon zu flackern beginnen. Vielleicht merkt er es nicht. Ingrid also zurück in die Küche, doch da sitzt noch eine Gabi, inmitten der Scherben, überall rote Grütze, sie wollte doch nur. Die Schälchen bringen, okay, aber habe ich nicht. Habe ich dir nicht gesagt, du sollst dich da hinsetzen und den Kaffee trinken, die ganze Kanne am besten? Gabi, mit offenem Mund: Sieht das schön aus! Und sie hat recht, die Glassplitter funkeln wie Diamanten im Rot der Grütze, einen Moment lang, Mutter und Tochter mit offenem Mund, einen Moment lang Mutter und Tochter vereint. Doch das tut nichts zur Sache. Du sollst dich hinsetzen und – aber den Rest des Satzes hört Gabi nicht mehr, denn im Wohnzimmer dreht eine andere Gabi die Musik auf volle Lautstärke. Das Kleid mit Grütze bekleckert, in der Hand ein Glas, in dem es nur so sprudelt und schwappt, tanzt Gabriele: *If you want my body and you think I'm sexy, come on, sugar, let me know ...* Da weiß Ingrid, dass alles zu spät ist.

Ingrid setzt sich an den Küchentisch und raucht eine Zigarette. Sie trinkt die Flasche, die Gabi hat stehen lassen, in einem Zug leer. War nicht mehr viel drin. Ingrid schickt

Franz eine Nachricht: Ruf mich nie wieder an. Dann geht sie rüber ins Wohnzimmer, tanzen.

Gabrieles Gesicht glüht, aber anders als vorher. Diese Musik ist Gabis Leben, für Momente wie diesen lebt Gabi, oh Rod. Ingrids Mutter ist leicht, sie schwirrt, gleich fliegt sie davon. Ingrid zögert nicht lange, sie dreht die Musik noch etwas lauter. Auch Gerald ist von der Terrasse hereingekommen. Hey, Buchhändler!, schreit Ingrid. Lächelnd nimmt Gerald die Brille ab. Er versucht, die Welle zu reiten, Ingrid rechnet's ihm an. Sie weiß es zu schätzen, dass er nicht abhaut, nicht gleich, denn abhauen wird er, so viel steht fest. Aber erst einmal wippt der Gerald in Gabis Richtung. Gabriele schmeißt die Hände in die Höhe und schlägt ihm dabei fast ins Gesicht. Der Gerald duckt sich, wippt aber weiter. Ingrid grölt leise, was für ein Spaß. Gabi gibt Gerald einen Kuss auf die Wange, Ingrid kriegt auch einen ab. Gerald bemüht sich, Ingrid sieht es ihm an, aber es hilft nichts. Er findet den Rhythmus nicht. Dieser Tanz ist ein Kampf. Zwischen Tochter und Mutter, zwischen zwei Krähen. Zwischen Tochter und Mutter und vielleicht noch Rod Stewart. Gerald hat nichts damit zu tun, kann nichts damit anfangen. Aus den Augenwinkeln sieht Ingrid Geralds Gesicht. Sie sieht sein Gesicht und weiß, dass er Gabrieles Atem gerochen hat. Die Säure hat sich in sein Gesicht gefressen und in sein Herz. Ingrid schließt die Augen und sieht Gerald nie wieder. Wie die Haustür ins Schloss fällt, ist nicht zu hören, die Musik ist zu laut. *Well, You can love me tonight if you want, but in the morning make sure you're gone.* Was ist denn das auch für einer, der Gerald, prustet Gabi an Ingrids Hals: Redet die ganze Zeit nur von Käfern! Das geht nicht in der Musik unter, das hört Ingrid deutlich. Ingrid riecht den Atem der Mutter. Und die Wut, die die ganze Zeit schon da war (ein Käfer), die Wut gewinnt. Es ist keine blinde Wut, sondern eine kalte. Es ist eine alte Wut. Ich. Hasse. Dich. Ich tanzt zum Sofa hinüber, tanzend greift Ingrid hinter das Sofa und findet die Flasche. Das Knacken des Drehverschlusses, Ingrid packt die Mutter im Nacken, wie dünnes Holz, sie könnte ihn brechen. Ingrid gibt der Mutter zu trinken. Die Mutter hat Durst. Nicht so gierig, schön schlucken. Ingrid zählt bis drei, nein, fünf, dann setzt sie die Flasche erneut an. Schön. Langsam. Und schlucken. Ingrid zählt bis fünf. Dabei tanzt sie weiter, sie dreht sich einmal um die eigene Achse, um Gabi, die Flasche. Dann setzt sie an. Gabi will nicht. Gabi will nicht mehr trinken. Ihr ist schon. Ganz. Schwindelig. Das kommt vom Tanzen, sagt Ingrid und setzt die Flasche an. Du musst trinken. Gabi gehorcht. Ihr Kopf fällt an Ingrids Brust, Ingrid gibt ihrer Mutter die Flasche. Du bist nicht meine Mutter, murmelt Ingrid, dicht an Gabis Ohr. Sie hat's nicht gehört, sieht aber auf. Vier, fünf, sagt Ingrid. Pirouette. Was wie wo, Gabis Blick kreuz über quer. Wo ist der Mann. Das fällt ihr erst jetzt auf. Wo der Mann ist, ein Schritt zur Seite, einer nach vorn. Ich hab keine Ahnung, aber wir sollten ihn fragen. Gerald, wo steckst du? Wir rufen ihn an. Das ist eine gute Idee. Das sollten wir tun. Gabriele wählt, Ingrid tanzt weiter. Gerald? Gerald?, ruft Gabriele, Gerald, wo bist du? Nicht meine Mutter, Ingrid tanzt auf Gabriele zu. Vergiss es, schreit sie, der kommt nicht zurück! Und ins Telefon schreit sie: Gerald, meine Mutter muss jetzt was trinken! Meine Mutter hat Durst! Dann legt Ingrid auf. Gabriele greift nach der Flasche. Sie taumelt. Knallt gegen die Schrankwand.

Beim Aufwachen Kopfschmerz. Das ist das Erste. Und das Zweite und Dritte. Vier: Sie liegt auf dem Sofa, mit einer Decke. Jemand hat Ingrid zugedeckt. Das muss dieselbe Person gewesen sein, die auch den Zettel geschrieben hat. Die Person ist rübergekommen, weil die Musik so laut war. Und hat Gabriele gefunden. Und hat einen Krankenwagen gerufen. Weil kein Lebenszeichen. Im Krankenhaus dann doch ein Lebenszeichen: Alkoholvergiftung. Der Name des Krankenhauses und eine Nummer. Gezeichnet: die Nachbarin (die waren zu schwach, das hat ihre Mami gewusst, deswegen hat sie sich auf sie gelegt. Glaub mir, ist besser so). Ingrid schläft wieder ein. Ingrid schläft ein paar Stunden, dann ist sie plötzlich hellwach. Sie steht auf, duscht, packt ihren Rucksack. Nimmt ihre 483 Mark Erspartes und fährt mit dem Fahrrad zum Bahnhof.

Vom Land in die Stadt. Eine Stadt: Skyline etc. Ingrid verlässt die Stadt mit der Skyline, die Stadt mit der Zickzacklinie am Himmel. Sie fährt mit dem Zug.
Und als sie ankommt, was? Es ist dunkel. Sobald es hell wird, wenn der neue Tag beginnt, wird sie wissen, was tun. Fürs Erste geht Ingrid in eine Kneipe am Bahnhof und bestellt Bier. Das ist der Plan. Das ist ein realistischer Plan: den kalten Schweiß vergessen, das Herz beruhigen mit ein paar Bier. Dann ist es sicher irgendwann vier Uhr, und

dann ist es auch schon fast fünf, dann wird es sicher bald hell. Ein neuer Tag, ein neuer Plan. Nur dass da in der Bahnhofskneipe ein Typ ist, der lässt Ingrid nicht unsichtbar sein. Das kann der nicht, der kommt nicht darauf klar, dass eine Frau am Tisch sitzt und sich betrinken will, ohne zu lächeln dabei. Der Typ hält Ingrid für ein trauriges Mädchen. Und Ingrid: Ich seh immer so aus. Der Typ lässt nicht locker, ein trauriges Mädchen, das muss man doch aufheitern können. Nach anderthalb Bier ergreift Ingrid die Flucht, der Typ ist der Jäger, sie die Gejagte, aber nur bis zur Kneipentür.

Draußen ist Ingrid allein. Draußen atmet Ingrid die Nachtluft, drüben, im Zoo, schreit ein Affe.

Ingrid weiß nicht, wohin. Sie geht die Straße entlang, am Ende der Straße ein Park. Ein Loch in der Nacht. Ingrid setzt ihren Fuß auf den Kiesweg, tut ein paar Schritte ins Loch hinein. Aber dann, aus dem Gebüsch: eine Stimme und Rascheln. Eine Hand, die nach Ingrid greift. Pass auf, Mädchen, hier ist die Stadt, und nicht irgendeine. Auf dem Absatz, Ingrid macht kehrt, rennt zum Bahnhof zurück.

Ingrid setzt sich neben einem Geldautomaten auf den Boden. Sie legt den Kopf auf die Knie, Ingrid schläft ein.

Später wacht sie auf, weil der Typ aus der Kneipe mit den Fäusten gegen die Glasscheibe hämmert. Ingrid wendet einen alten Trick an, sie schließt die Augen, und als sie sie wieder aufschlägt, ist der Typ nicht mehr da. Es hat funktioniert, Ingrid hat ihn verschwinden lassen. Der Trick funktioniert noch einige Male in dieser Nacht, Typen tauchen auf, und Ingrid lässt sie verschwinden. Irgendwann dann der Morgen, nicht grau, sondern leuchtend, zwitschernd. Ingrid erhebt sich mit knackenden Knien. Sie faltet den Anorak zusammen und steckt ihn in ihren Rucksack. In einer Bäckerei kauft sie sich Kaffee und Kirschplunder. Sie trinkt den Kaffee, raucht einige Zigaretten, bevor sie Brüderchen anruft.

Warte mal, schreit Gordan ins Telefon, Ingrid hört Bässe und Stimmen, Lachen, dann das Klappen der Tür. Gordan ist rausgegangen, jetzt steht er zwischen gekachelten Wänden, Was gibt's? Ingrid hört den Reißverschluss, kurz darauf ein leises Sirren. Zoff gibt's, richtig Ärger hat es gegeben und Gabriele im Krankenhaus. Aber das sagt Ingrid nicht, Ingrid sagt: Ich musste mal raus. Tapetenwechsel, ha ha. Und jetzt, in der fremden Stadt, kein Plan, irgendwie, Ingrid druckst rum, ich weiß nicht, wohin. Brüderchen sagt darauf erst einmal gar nichts, es sirrt in der Leitung. Dann lacht er. Gordan lacht sich schlapp. So sehr muss Brüderchen lachen, dass Ingrid Angst hat, er könnte das Telefon fallen lassen oder danebenpinkeln. Was ist denn daran bitte so lustig? Nichts, nichts, sagt Gordan, alles!, ruft er und pinkelt Schlangenlinien. Ingrid an ihrem Ende ganz klein, Brüderchen hat sie durchschaut, hat ihr Drucksen richtig gedeutet. Wenigstens lässt er sie nicht lange zappeln. Nur solange er abtropft, während er die Vorhaut über die Eichel zieht und wieder zurückschiebt, einmal, zweimal, schweigt Brüderchen, lacht. Dann lässt er seinen Schwanz in einer Falte seiner Boxershorts verschwinden, die Boxershorts in der Jeans, und als er den Reißverschluss hochzieht, fordert Brüderchen Ingrid auf, das zu tun, was sie ohnehin tun will: Ruf doch Moritz mal an!

Mit achtzehn ist Ingrid kein Kind mehr. Sie muss niemanden um Erlaubnis bitten. Ingrid kann tun, was sie will. Aus freien Stücken sitzt sie wenig später auf einer Bordsteinkante, die ein Blumenbeet einfasst, und hält das Gesicht in die Sonne. Sie wartet. Sie hat einen Anruf getätigt und wurde einbestellt. Ingrid zählt bis hundert, zehnmal, dann schlägt sie die Augen auf. Sie blickt auf ein Krankenhaus. Die Schiebetüren am Eingang öffnen sich mit ihrem Augenaufschlag. Der Mann, den Ingrid erscheinen lässt, trägt einen Kittel, ein Stethoskop um den Hals, er kommt auf Ingrid zu, schnurstracks und kerzengerade. Den Blick hält er vor sich auf den Boden gerichtet, so sieht er Ingrid gleich, als er vor ihr zum Stehen kommt. Ingrid blickt gegen die Sonne, sie kann sein Gesicht nicht erkennen, aber den Geruch, den kennt sie. Der Geruch bricht über Ingrid herein. Ingrid taumelt, Ingrid steht auf.
Um seine Augen ein Schatten Müdigkeit. Als Moritz den Mund aufmacht, ist Ingrid wieder das Mädchen. Moritz reicht Ingrid einen Schlüssel und einen Zettel mit einer Adresse. Wir sehen uns später, sagt Moritz. Nachdem er Na? gesagt und gegrinst hat, versteht sich. Das Mädchen ist vor einer Stunde aus dem Nichts aufgetaucht, aber einen wie Moritz bringt so leicht nichts aus der Fassung. Moritz weiß, was zu tun ist. Amputieren. Deswegen muss er auch schnell wieder rein, er hat keine Zeit jetzt. Moritz umarmt Ingrid und lässt sie sofort wieder los. Bevor er sich umdreht, nimmt er sich dann doch noch Zeit für ein

Lächeln. Ein müdes Lächeln aus graublauen Augen produziert im Körper des Mädchens ein Wissen. Irgendwo zwischen Magen und Herz. Schmetterlinge, Pflastersteine. Ein Gefühl wie Blasenentzündung und Durchfall zugleich. Moritz muss wieder rein, und das Mädchen balanciert noch eine Weile auf dem Bordstein ums Blumenbeet. Das Mädchen hält das Gesicht in die Sonne und ignoriert dieses Gefühl, bunte Flecken auf den Lidern, es genießt das Gefühl. Das Mädchen ist ein freier Mensch, das fühlt sich gut an. Später wird das Mädchen durch seine Wohnung laufen, anderthalb Zimmer, das halbe Zimmer ist eine Kammer mit Bett. Das Mädchen wird alle Fenster aufreißen, es wird regnen, das Mädchen wird den Regen riechen, es wird das Plätschern und die Stimmen der Menschen im Innenhof hören. Das Mädchen wird eine Postkarte aus dem Regal nehmen und sie lesen, ein harmloser Urlaubsgruß. Das Mädchen wird an die Spüle gelehnt in der Küche stehen und eine Zigarette rauchen. Das Mädchen wird mit Blick aus dem Fenster in der Badewanne liegen, es wird den Fernsehturm sehen, der in den weißen Himmel über der Stadt ragt, während irgendwo im Haus eine Frau singt, während hunderte Kilometer weit weg die Mutter in einem Krankenhausbett liegt, vergiftet, und auch aus dem Fenster blickt. Das Badewasser wird sich langsam abkühlen, während hunderte Kilometer weit weg der Bruder vergiftet im Bett liegt und noch nicht wieder sehen kann. Das Mädchen in der Badewanne wird weder an Mutter noch Bruder denken, es wird versuchen, gar nichts zu denken, und weil das nicht möglich ist, denkt es: Das Wasser ist kalt / es regnet, wie schön / eine Frau singt /

mein großer Zeh / mein linkes Knie / mein schrumpliger Daumen / eine Frau sinkt / Moritz hat Augen, graublaue Augen. Das Mädchen wird noch eine Weile in der Wanne liegen bleiben, nachdem es das kalte Wasser abgelassen hat, trocken wird das Mädchen aus der Wanne steigen. Das Mädchen wird sich in das Bett in der Kammer legen, es wird mit Moritz' Geruch in der Nase einschlafen. Es wird erst wieder aufwachen, wenn Moritz im Morgengrauen am Bett steht, eine Bierflasche in der Hand. Das Mädchen wird die Augen aufschlagen und sehen, wie Moritz sich den letzten Schluck Bier in den Mund kippt, das ist sein Feierabendbier, sein Feiermorgenbier. Mit einem Gluckern wird Moritz sich hinsetzen, er wird ins Bett fallen und dem Mädchen die Decke wegziehen. Feierabend, Moritz muss jetzt sehr dringend schlafen, Moritz schläft schon. Es gibt eine Luftmatratze. Das Mädchen hat die Luftmatratze nicht gefunden, wird das Mädchen sagen. Die Luftmatratze hat ein Loch, wird das Mädchen sagen, während Moritz einschläft und die Bierflasche zu Boden fällt. Nicht reden, wird Moritz im Halbschlaf murmeln, ich hab genug geredet für heute. Das wird ein Vierundzwanzig-Stunden-Dienst gewesen sein, ein Neunundfünfzig-Stunden-Dienst. Moritz wird einschlafen, bevor er irgendwas sagen kann. Das Mädchen wird zwischen Wand und Rücken liegen, die Augen sperrangelweit. Das wird der erste Tag gewesen sein, die erste Nacht, der Anfang, und das Mädchen weiß das alles, weiß noch nichts, als es auf der Bordsteinkante balanciert, in der Sonne.

Moritz fragt nicht, was Ingrid will, Moritz brät Eier. Ingrid und Moritz sitzen in der Küche und essen Spiegeleier, die Sonne blendet. Moritz trägt Boxershorts, sonst nichts. Ingrid trägt Sonnenbrille und ein großes T-Shirt mit dem Logo einer Zigarettenmarke darauf. Was Brüderchen treibt, will Moritz wissen, Geht es dem gut? Na klar geht's dem gut, dem geht's doch immer, gut. Moritz weiß noch nichts von der Blondine, bei der Gordan jetzt wohnt. Da hat Ingrid was zu erzählen, sie merkt, sie ist etwas aufgeregt. Ingrid erzählt Moritz von Kerstin, die ist eine von vielen, eine in einer langen Reihe von Blondinen, ein Exemplar des immer gleichen Modells. Kerstin hat eine Art, mit der Handtasche zu schlenkern, die typisch ist für dieses Modell. Auch wie sie Kaugummi kaut, wie sie die Augen verdreht, ihre Fingernägel betrachtet, Weißt du? Du weißt, was ich meine? Moritz lächelt und nickt, Moritz nickt und setzt die Milchtüte an den Mund, er legt den Kopf in den Nacken, sein Adamsapfel springt auf und ab. Ingrid erstattet Bericht: Gordan wohnt jetzt in einer gefliesten Wohnung, und auf dem Sofa liegen Kissen, die passen farblich zum Vorleger, zu den Blumen, zum Frühstücksgeschirr. Was findet Brüderchen nur immer an diesen Frauen? Ingrid kann gar nicht aufhören zu reden, immer weiter muss sie erzählen, von Kerstin und Tina, von Anna und Danni, Christina, Nicole. Als würden diese Frauen alle mit einer Stimme sprechen, mit einer Tasche schlenkern. Da überschlenkert sich Ingrids Stimme etwas, so viel Eifer, so viel Wille zur Karikatur. Dabei hört Moritz schon gar nicht mehr zu, spätestens bei Anna hat Moritz die Küche verlassen. Das Mädchen hat weitergeredet, nur

etwas lauter. Moritz erscheint im Türrahmen, er hält die Luftmatratze in die Höhe, die Luftpumpe, Hier, sagt Moritz ohne Worte, während das Mädchen immer noch spricht. Wo der die immer aufgabelt, eine hohler als die andere, Sonnenstudio, Berufsschule, das ist seine Liga. Traurig, aber wahr, sagt Ingrid, die ihre 483 Mark Erspartes an der Tankstelle verdient hat (Prinzessin). Du wusstest wohl nicht, dass Gordan ne Schwäche hat, ruft Ingrid ins andere Zimmer hinüber. Sie sitzt noch immer am Tisch, vor ihr der Teller mit Eischlieren. Moritz tritt in die Küche, er hat sich angezogen, schlüpft in seine Turnschuhe.
Doch klar, sagt er, für Tussen. Moritz fährt mit der Hand durch die Luft, und das Mädchen versteht nicht, dass Moritz winkt, sich verabschiedet. Diese Geste bringt Ingrid aus dem Takt, sie vergisst, was sie sagen wollte. Eine Schwäche für.
Tussen, du Tussi, sagt Moritz und geht, ist so schnell zur Tür hinaus, dass Ingrid nicht mal mehr Hey! sagen kann. Sie sagt Ey oder Äh, aber da ist Moritz schon weg. Das Mädchen heißkalt, das Mädchen steht auf, es geht von der Küche ins große Zimmer, steigt über die Luftmatratze hinweg. Das Mädchen steht mitten im Zimmer und weiß nichts mit sich anzufangen. Hat der sie gerade, mitten im Satz? Hat er. Was für ein Depp das Mädchen doch ist, was für ein Trottel. Als müsste es ihn beeindrucken, muss es hier irgendjemanden beeindrucken? Muss es nicht, hat es nicht nötig. Ingrid geht auf und ab, Ingrid bleibt stehen. Nun will sie raus aus der Wohnung, sie will keinesfalls hier sein, wenn Moritz nach Hause kommt.

Ingrid wird kurz schwindelig, als sie aus dem Haus tritt, so viele Menschen. Sie sitzen vor ihren Häusern, in den Fenstern, auf den Balkonen und Dächern. Tische stehen auf dem Gehweg, Kellner tragen Teller mit dampfendem Essen herbei. Ein Händler verkauft Rosen, ein anderer Zeitungen. Lampions und Werbeschilder, Fetzen von Musik und Gesprächen, Gelächter. Ingrid setzt ihre Sonnenbrille auf und läuft los. Sie geht ein paar Schritte und entdeckt einen Kiosk. Erst mal ein Bier, denkt sie, eine rauchen. Und dann, mal sehen. Die Frau im Kiosk telefoniert weiter, ohne Ingrid anzusehen, nimmt sie die Flasche aus dem Kühlschrank, kassiert, spricht in einer Ingrid unverständlichen Sprache in ihr Telefon. Danke, sagt Ingrid und fragt sich im Rausgehen, ob das hier üblich ist, bedankt man sich hier? Ingrid fragt sich, welche Sprache das war, und setzt sich mit ihrem Bier auf den Bordstein. Es ist warm, Ingrid trinkt. Moritz ein Penner, und sonst kennt sie ja keinen, Ingrid kennt all diese Menschen ja nicht. Ingrid fragt sich, was sie hier will, was bitte soll sie denn hier. Sie fühlt sich verloren, zum ersten Mal in ihrem Leben ist Ingrid fremd. Sie ist unsichtbar. Nicht einmal die Hunde nehmen sie wahr, große Hunde ohne Halsband kommen auf Ingrid zugelaufen, die Nase am Boden. Wenn Ingrid die Hand nach ihnen ausstreckt, laufen sie weiter.

Ingrid steht auf, die leere Bierflasche lässt sie im Rinnstein liegen. Ingrid läuft weiter und gelangt zu einem Park. Sie geht durch die Schwaden, Grilldunst und Gras, sie erblickt eine rothaarige Frau und bleibt stehen. Etwas an der Frau nimmt Ingrid gefangen, sie fragt sich, was. Ingrid steht und starrt die Frau an, da ertönt eine Fahrradklingel, Mensch Mädchen, du stehst im Weg! Ingrid macht Platz, sie tritt zur Seite und hat die Frau schon vergessen. Erst später denkt sie wieder an sie. Es waren die Farben. Das Rot ihrer Haare mit dem Braun ihrer Bluse, so gesehen auf einer Fotografie von Gabriele aus den siebziger Jahren, als die Mutter sich die Haare noch färbte.

Ingrid geht weiter und kommt erneut an dem Kiosk vorbei. Sie ist im Kreis gelaufen. Ingrid kauft sich ein Bier. Sie betrachtet das Abendglühen, das Mädchen glüht, mit dem Bier in der Hand läuft Ingrid weiter. Sie weiß nicht, wohin, sie weiß nur, wo sie nicht sein will. Sie will nicht im Bett liegen, nicht in der Badewanne, sie will nicht auf dem Küchenstuhl sitzen, wenn Moritz zur Tür hereinkommt. Ihr Anblick soll sich ihm auf keinen Fall bieten. Die Scham flammt noch einmal auf, als Ingrid die Straße entlangstolpert, Tussen, du Tussi. Die Sonne geht unter. Ingrid stolpert in die Dunkelheit, fort vom Park und vom Flutlicht des Stadions. Ingrid hat keine Ahnung, wo sie sich befindet. Der Name der Stadt fällt ihr gerade noch ein, das ist auch schon alles. Es wird immer dunkler. Ingrid verläuft sich, geht immer weiter, ohne zu wissen, wohin. Irgendwann, nachdem sie lange geradeaus gelaufen ist, biegt Ingrid ab. Ingrid biegt in eine Sackgasse. Am Ende der Sackgasse ein Fenster, über dem Fenster ein Schild, vor dem Fenster eine Bank, das ist ein Café. Im Fenster des Cafés sitzt eine Frau. Ingrid sieht sie von hinten, sie sieht ihren Pferdeschwanz über der Lehne des Sofas. Nun greifen zwei Hände nach dem Nacken mit dem Pferdeschwanz. Ingrid geht auf das Fenster zu, dabei neigt sie den Kopf, als sei sie es, die da gepackt wird. Ingrid verliert die Besinnung, sie schwingt ihren Pferdeschwanz und öffnet den Mund. Ingrid tritt in den Kuss im Fenster. Ingrid lässt sich küssen, Ingrid sieht sich küssen, sie sieht die Finger in ihrem Nacken, sie sieht seine Stirn, den Kragen des Hemds. Der Kragen. Etwas reißt an Ingrids Bewusstsein. Im selben Moment klappt am Kusskopfgebilde ein Auge auf, und es ist nicht Ingrids Auge, das da aufklappt, nein, es ist ein graublaues Auge, das sich da öffnet. Ingrid erschrickt. Unter dem graublauen Blick weicht sie zurück. Moritz.

Ingrid dreht sich um, sie rennt über das Kopfsteinpflaster davon, und für einen Moment verstummen alle anderen Geräusche, der Verkehr, die Gespräche im Park, die leise Musik aus einer Wohnung im obersten Stock. Nur die klappernden Mädchenschritte sind noch zu hören. Ingrid rennt, bis sie wieder beim Kiosk ankommt. Sie bleibt stehen, und einen Moment lang herrscht Stille. Ingrid holt Luft: Na und? Sie hat sich erschreckt. Der Laut eines Tieres erklingt, einer Grille zum Beispiel. Die Nacht schwillt wieder zur vollen Lautstärke an, Gesänge von Fußballfans, ein Martinshorn. Wo sie schon einmal hier ist, kauft sich Ingrid am Kiosk ein Bier. Das Mädchen steht auf dem Gehweg und tritt von einem Bein auf das andere. Es hat sich erschreckt, und was nun?

Rauchend schlendert Ingrid in Richtung Park. In all ihrer schlendernden, achtzehnjährigen Aufrichtigkeit fragt sich Ingrid, was sie erwartet hat, was bitte, hat sie sich gedacht. Dass einer wie Moritz keine Frauen kennt? Was in aller Welt hat Ingrid geglaubt, wohin der an einem Samstagabend seine Aftershavewolke trägt? Ingrid schlendert durch den Park und nimmt kaum die Dunkelheit wahr. Sie geht rauchend, versucht, klar zu denken, doch das Mädchenherz ist aus dem Takt.

Zurück in der Wohnung steht Ingrid vor der Luftmatratze, sie überlegt. Ingrid weiß nicht viel über die Liebe, aber sie weiß, dass auf so einen Kuss, wie sie ihn gesehen hat, weitere Küsse folgen. Auf solch einen Kuss folgt ein Drängen gegen Hauswände, Wohnungstüren, folgt ein Fummeln nach Verschlüssen jeglicher Art. Ingrid steigt über die Luftmatratze hinweg, um ihre Zigarette im Waschbecken auszudrücken. Dann kriecht sie in Moritz' Bett. Der kommt heute eh nicht nach Hause. Moritz' Bett riecht nach Moritz. Ingrid schläft ein und träumt, dass Moritz ihr den Kopf ausleckt. Seine riesige Zunge gleitet durch Ingrids Mund in ihren Schädel und leckt von innen die Schädeldecke ab. Moritz leckt und leckt, bis Ingrids Gedanken ganz blank sind.
Ingrid wird von einer Explosion geweckt. Moritz explodiert in und über dem Mädchen. Und ob der nach Hause kommt. Ingrid muss noch viel über die Liebe lernen. Dass man eine Frau lieben und eine andere ficken kann. Dass man eine Frau küssen, eine andere lieben und die nächste ficken kann. Einer wie Moritz, der kann eine Frau lieben, eine andere ficken und die dritte heiraten. Alles ist möglich, in der Liebe nämlich und im Krieg, kleine Frau.
Moritz ist jedenfalls nach Hause gekommen, er hat den Mädchenkörper im Bett vorgefunden und als Einladung verstanden, nackt war sie auch. Ingrid mit ihren blanken

Gedanken hat gestöhnt, als er sich ihr Gesäß zurechtgelegt hat, und als er ihre Schenkel mit dem Knie auseinandergeschoben hat, hat sie leise gewimmert. Zwei, drei Stöße später ist sie wach, zwei, drei Stöße später ist er auch schon explodiert. Moritz' Bauch löst sich von Ingrids Rücken, ein Sickern.
Ingrid tastet auf dem Laken nach Moritz und findet nur einen Arm.

So geht das ein paar Tage lang. Frühmorgens verlässt Moritz das Haus, ein weißer Fleck in Ingrids Halbschlaf. Moritz arbeitet, während Ingrid ausschläft und badet und frühstückt und liest und im Park sitzt und durch die Gegend läuft. Wenn Moritz abends nach Hause kommt, liegt das Mädchen in seinem Bett. Die Luftmatratze ist unter den Schrank gerutscht, die Pumpe auch. Das Mädchen ist nackt, meist schläft es, wenn Moritz nach Hause kommt. Oder tut so. Moritz kommt spät, Moritz kommt schnell, so geht das ein paar Nächte lang, bis Ingrid eines Nachts Moritz' Hand festhält, die zwischen ihre Beine drängt. Ingrid ist den ganzen Tag durch die Stadt gelaufen, sie hat hinter ihrer Sonnenbrille gegrübelt. Ingrid ist diesem Nagen, das sie verspürt, auf den Grund gegangen. Und ist zu dem Schluss gelangt, dass es ihr nicht reicht, sich von irgendeinem alten Freund ihres Bruders ficken zu lassen, auch wenn sie den alten Freund mag und der ganz gut fickt, wenn er will. Sie hat den Blick geübt, hinter der Sonnenbrille, mit dem sie das sagt: Du fickst zwar nicht schlecht, aber. Das Mädchen will mehr. Das Mädchen will das Märchen, und in seinem Kopf klingt es tatsächlich,

als habe es sich das selbst ausgedacht, als stammten die Worte von Ingrid. Eigentlich alles ganz einfach, hat Ingrid gedacht. Und sich ein Eis gekauft.
Im Dunkel der Kammer, Moritz' Hand fest im Griff, fehlen ihr dennoch die Worte. Ficken erscheint Ingrid so hart, und vögeln fällt ihr nicht ein. Das Wort Märchen bringt sie unmöglich über die Lippen. Ingrid hält Moritz' Hand in der Schwebe über ihrem Bauch, das Blut rauscht in ihren Ohren, sie weiß, sie muss etwas sagen. Ingrid sagt: Was glaubst du eigentlich, wer du bist? Die Frage im Raum, sie hat es getan, hat etwas gesagt, hat eine Frage gestellt, die alles ändert. Und weil Moritz nichts sagt, weil er, wie es scheint, den Atem anhält, schiebt Ingrid gleich hinterher: Ich meine, für wen hältst du dich bitte? Damit sollte klar sein, dass Ingrid sich nicht für ein Mädchen hält, über das Moritz verfügen kann, nach Lust und Laune. Einen Moment lang schwebt Moritz' Hand noch über Ingrids Bauch, dann landet sie sanft. Das ist ein Anfang. Das ist eine zärtliche Geste, viel mehr will so ein Mädchen doch gar nicht. Moritz rückt näher an Ingrid heran, etwas ungelenk schiebt er den Arm unter ihren Nacken, als würde er zum ersten Mal eine Frau im Dunkeln umarmen. Ingrid weiß, das ist Quatsch, der Moritz ist einer, der hat schon viele. Ihr Herz schwillt trotzdem an, sie würde jetzt gern mit ihm schlafen. Doch sie bleibt hart. Als seine Hand im Halbschlaf noch einmal ihren Bauch hinabwandert, zischt Ingrid leise: Ey, Alter, ich glaube, du spinnst. Moritz seufzt und küsst ihre Schläfe. Das Mädchen schläft ein mit dem Gefühl, eine gute Strategin zu sein.

Die Ereignisse geben Ingrid recht. Über Nacht geschieht etwas mit Moritz. Nicht gleich ein Märchen, aber doch ein gemeinsamer Kaffee, bevor er zur Arbeit geht. Sie stehen am Fenster und trinken aus Bechern mit Werbung für Medikamente darauf. Unten sitzen die Feuerwehrmänner vor ihrer Wache, sie sonnen sich, rauchen. Einer fährt sich mit der Hand über die Glatze.
Ingrid blickt auf. Moritz hat sie angesehen, merkt sie, er hat sie gemustert. Moritz küsst das Mädchen unters Auge, dort hat es eine hübsche Stelle, ein Muttermal, irgend so etwas. Das Mädchen blinzelt hübsch in die Sonne.
Bereits an der Tür sagt Moritz, da sei heute Abend so eine Party. Wenn sie wolle. Wenn sie wolle, sei da eine Party? Das ist keine richtige Einladung. Ingrid schweigt, blinzelt. Das Mädchen weiß jetzt, wie das geht, wie es bekommt, was es will. Moritz hält inne, er hat verstanden. In der Tür dreht Moritz sich um, er muss lachen: Kommst du mit oder nicht?
Natürlich kommt Ingrid mit. Sie zieht sich ein Kleid an und wartet abends in der Wohnung auf Moritz. Fertig?, fragt Moritz, als er eintritt, und unten auf der Straße dann: Hunger? Jetzt darf Ingrid ausnahmsweise mal grinsen: Ob Moritz auch ganze Sätze beherrsche? Ein Anflug von alten Zeiten, eine Kopfnuss. Keine Kopfnuss, vielmehr ein Klaps auf den Hinterkopf. Seine Hand bleibt in ihrem Nacken liegen. So gehen sie, sein ausgestreckter Arm zwischen ihnen, bis sie sich wegduckt. Klar habe ich Hunger, und wie! Sie hat den ganzen Tag nichts gegessen, Kaffee getrunken hat sie und geraucht, am Fenster, mit Blick auf die Feuerwache.

Sie setzen sich auf eine Wiese am Fluss, essen Pizza aus Kartons, Moritz läuft Öl übers Kinn. Keiner soll sagen, er habe ihr nichts von der Stadt gezeigt. Moritz deutet in die eine Richtung, Dom, in die andere, Fernsehturm. Das Wichtigste hast du somit gesehen.
Auf dem Fluss fahren Touristenboote vorbei. Ingrid fragt nach Moritz' Arbeit. Oberärzte, Unterärzte, das interessiert sie nicht wirklich, aber sie ist heute Abend ein höfliches Mädchen, heute Abend trägt Ingrid ein Kleid und stellt die üblichen Fragen (Jahre später wird sie den Kopf eines Spanferkels in der Auslage einer Metzgerei betrachten und daran denken, wie sie Moritz gefragt hat, worin genau seine Arbeit besteht). Moritz gibt bereitwillig Auskunft. Und liefert, etwas verspätet, auch eine Antwort auf die Frage, wofür er sich hält. Moritz hält sich für einen jungen, für einen gutaussehenden Assistenzarzt der Chirurgie mit blendender Aussicht auf eine steile Karriere. Er hat eine Stelle am besten Krankenhaus der Stadt, und vor ihm sitzt ein Mädchen, bis über beide Ohren verliebt. Das Mädchen ist hübsch und frech, das ist eine Kombination, die Moritz liegt.
Noch vor dem letzten Bissen beginnt Moritz eine Tüte zu drehen, sie rauchen zwei Tüten, und Ingrids Kopf wird ganz leicht. Sie sieht sich um, zwischen all den Menschen fällt sie gar nicht mehr auf, glaubt sie, sie ist jetzt Teil dieser Stadt. Moritz spielt mit einem Grashalm, er spielt mit Ingrids Fingern.
Und wie sind die Schwestern?, fragt Ingrid. Das ist ein Verbrüderungsversuch, Ingrid versucht, wie ihr Bruder zu sein, Ingrid versucht, über Frauen zu reden, wie die Jungs

über Frauen reden. Und die Schwestern?, fragt Ingrid, oder sie denkt, sie hätte gefragt, plötzlich weiß sie nicht mehr, ob sie, plötzlich ist sie verwirrt. Moritz auch. Hast du was gesagt? Die Sonne geht unter. Er sieht Ingrid an und hält dabei ihre Hand, was glaubt er denn, was passiert, wenn er das macht, in diesem Licht? Nichts, Moritz schüttelt den Kopf und sieht zwei Frauen nach, die vorbeigehen. Ihre Röcke flattern im Wind.
Die sind ganz nett, sagt Moritz, und Ingrid lacht.

Die Party findet in einer Bar statt, ein Glaskasten, eingeklemmt zwischen Hochhäusern. Eine Kollegin von Moritz hat Geburtstag. Die Kollegin ist betrunken, sie trägt einen sehr kurzen Rock.
Keiner will tanzen, sagt sie zur Begrüßung. Moritz tätschelt ihre traurigen Schultern.
Wie alt bist du geworden?, fragt Ingrid. Die Kollegin zeigt drei Finger der einen und fünf der anderen Hand. So alt?, Ingrid kann es nicht glauben. Moritz fasst sie beim Arm und führt sie zur Bar.
Die Kollegin steht allein auf der Tanzfläche, breitbeinig, mit hängendem Kopf. Ihre Gäste sitzen draußen, vor dem Glaskasten, an der Straße. Alle können sie sehen, im Innern des Würfels, so einsam, so alt, aber keiner hat Mitleid. Eine milde Sommernacht, zwischen Hochhäusern unter Lichtern, so jung kommen wir nicht mehr. Die Gäste unterhalten sich lieber.
Moritz und Ingrid stehen allein an der Bar. Sie trinken, bis das Mädchen sich am Tresen festhalten muss. Der Kellner stellt ein Glas Wasser vor Ingrid und lächelt. Der Kellner

lächelt über die zwei an seinem Tresen, der Zauber einer versoffenen Nacht.
Später ertönt das Lied jenes Sommers. Ingrid hat zu diesem Lied auf ihrer Abiturfeier getanzt. Und auch jetzt springt sie auf, schmeißt die Arme in die Höhe. Moritz kommt aus dem Grinsen gar nicht mehr raus. Ingrid springt und springt, und die Bar verwischt vor ihren Augen, Moritz' Grinsen verwischt, die Lichter.
Endlich!, schreit es neben dem Mädchen, das ist die Kollegin, die ebenfalls hüpft: Endlich tanzt eine mit mir! Schnitt, und die Gastgeberin steht mit Tüten voller Geschenken, mit Salatschüsseln und Sektflaschen bepackt vor Ingrid und Moritz (Moritz küsst Ingrid oder ist kurz davor, sie zu küssen). Danke, sagt die Kollegin traurig. Eine traurige, alte Festsau, denkt Ingrid, als sie die Augen aufschlägt. Ihr wart echt toll, die Kollegin nickt und geht wankend davon. Ui, sagt Ingrid. Der Kellner poliert Gläser, er lächelt nicht mehr. Na komm, sagt Moritz und führt Ingrid vom Tresen weg, durch die Glastür nach draußen.
Im Morgengrauen auf einer Verkehrsinsel, Moritz hält Ausschau nach einem Taxi. Weit und breit kein Taxi zu sehen, kein Auto fährt um diese Zeit auf dieser Straße. Ingrid schlingt den Arm um Moritz, schlingt sich um ihn, den anderen Arm hält sie raus, wie im Film. Das Mädchen schläft ein, im Tau des Stadtgrases, an Moritz gelehnt.

Wenn ihr mir den Wagen vollkotzt, kost' das 'n Zwanni, sagt der Taxifahrer, als sie einsteigen.
Alles klar, Chef, sagt Moritz und beugt sich zu Ingrid hinüber, um sie zu küssen. Knutschend fahren sie durch die

Stadt, die Ledersitze knarzen, Moritz stößt auf, in Ingrids Mund. Alles dreht sich, Ingrid muss, und auch Moritz muss sich mal kurz, zurücklehnen. Augen auf und die Stirn gegen die kühle Fensterscheibe, da ist der Fernsehturm, da ist die Stadt.

So fängt es an, und etwas ist wahr an diesem Glück. Eine Frage des Lichts. Mitunter blitzt etwas in Moritz' Blick auf, das wahr ist und gut. Das kann Ingrid keiner nehmen. Wochen später werden in ihrem Halbschlaf diese Blicke auftauchen. Sie wird ihn über sich sehen, mit leicht geöffnetem Mund, die Ader an seiner Stirn tritt hervor, ein Blick wie ein Seufzen, bevor er die Augen schließt, um ihr Gesicht mit Küssen zu bedecken, um zu kommen. Sie wird ihn sehen, im Morgengrau des Hausflurs, er hält sie am Arm fest, und als sie sich umdreht, kriecht sein Blick in sie hinein. Ingrid wird sich die Decke über den Kopf ziehen und sich wünschen, jemand nähme sie ihr, diese Blicke.

Sie leben nachts. Das heißt, Ingrid lebt in der Nacht, Moritz lebt immer, Moritz lebt neununddreißig Stunden am Stück. Während Ingrid schläft, während sie mit einer Tasse Kaffee in der einen, einer Zigarette in der anderen Hand durch die sonnendurchflutete Wohnung spaziert (an seinen Hemden riechend, an seinen Poloshirts und T-Shirts riechend. Glück. Nur seine Turnschuhe stellt sie vor die Wohnungstür), arbeitet Moritz, macht Moritz, was Moritz eben so macht, was weiß denn sie. Das Mädchen interessiert sich nicht für Oberärzte, für Krankenhausflure und Operationssäle, für Konkurrenzkämpfe. Das

Mädchen interessiert nur, dass Moritz am Abend nach Hause kommt, einen Moment lang noch müde, aber wirklich nur einen Moment lang. Moritz bringt dem Mädchen Ayran vom Türken mit, das kennt das Mädchen noch nicht, becherweise kippt das Mädchen das sämige, salzige Zeug in sich hinein. Moritz muss lachen. Darüber, dass das Mädchen bereits an der Tür nach seinem Gürtel langt, ihn mit sich zieht. Das Mädchen hat an der Tür auf ihn gewartet, so kennt sich das Mädchen noch nicht, diese Gier nach ihm, nach seinem Körper.
Das Mädchen lebt in der Nacht, lebt in Gängen und Winkeln und Ecken, unter Streiflichtern. Das Mädchen lebt auf der Tanzfläche. Moritz bringt es dort hin. Moritz nimmt die Hand des Mädchens und führt es durch die Stadt, in Hinterhöfe, über Parkplätze, an verlassenen Fabrikgebäuden vorbei. Drinnen lässt Moritz das Mädchen los. Und falls es jemals gedacht hat, so hört das Mädchen auf zu denken, sobald es drinnen ist. Das Mädchen hat nie gedacht. Die Worte zerfallen. Was war, ist vergessen. Was ist, wird sein. Da ist nur noch ihr Herzschlag, Ingrid lächelt und breitet die Arme aus. Nächtelang tanzt Ingrid inmitten von Körpern, tanzt sich lächelnd in ihren Kopf hinein, bis sie verschwunden ist. Die Stunden und Nächte ziehen vorbei, im Strom der Gesichter, ganz nah, als hätte Ingrid aufgehört, eine zu sein. Plötzlich ist das Mädchen viele, und all diese schwitzenden, lächelnden Menschen teilen einen einzigen Herzschlag. Das Mädchen tanzt. Das Mädchen löst sich auf. Erst wenn Moritz auftaucht, aus der Tiefe, ist das Mädchen auch wieder da. Dann hat es eine Hand. Die fängt Moritz aus der Luft und führt das

Mädchen an einen Ort mit vier Wänden und wenig Raum. Dort stehen sie Bauch an Bauch, die Kloschüssel drückt gegen Ingrids Waden. Moritz streckt die Hand aus, und das Mädchen frisst, Moritz zieht einen Strich, und das Mädchen schnupft. Das Mädchen schüttelt sich, geil. Das Mädchen ist gierig nach ihm, das Mädchen ist geil, es macht sich an seinem Hosenstall zu schaffen. Moritz grinst im Dunkeln, er hat nichts dagegen, hat ganz und gar nichts dagegen. Er legt seine Hände um den Mädchenkopf, aber das Mädchen wehrt ab. Das Mädchen hat seinen eigenen Kopf, seinen eigenen Rhythmus. Auch das ist in Ordnung, es macht seine Sache ja gut.
Ingrid tanzt mit dem Geschmack von Sperma im Mund. Alles ist jetzt, dieses Licht wie Jahre zuvor, wie Sommerlaub. Alles ist jetzt, und alles ist in ihr, sein Schwanz, sein Blick, all die Frauen und Männer, das Zucken.

Eines Morgens schlägt Ingrid die Augen auf und weiß, es gibt kein Zurück mehr. Sie zählt die Tage und kann nicht glauben, dass es schon Wochen sind. Sie streichelt ihre Brüste unter der Bettdecke. Moritz muss in der Küche das Fenster gekippt haben, bevor er gegangen ist, Ingrid hört Vogelgezwitscher. Die Vorstellung, wie Moritz über den Küchentisch hinweg nach dem Fenster greift, wie er sich streckt und dabei sein Hemd aus der Hose rutscht, macht, dass Ingrid ganz heiß wird. Sie drückt ihre Brüste mit beiden Händen. Ich liebe dich, sagt sie, ohne es gesagt haben zu wollen. Aber es stimmt. Deswegen sagt sie es noch einmal, laut: Ich liebe dich.

Die Tage sind zu Wochen geworden, als etwas sich ändert. Eines Abends hat Moritz einen Freund im Schlepptau. Wie immer hat das Mädchen hinter der Tür auf Moritz gewartet. Es hat sich auf ihn gestürzt, als er hereinkam. Wir haben Besuch, sagt Moritz. Das Mädchen lässt seinen Gürtel los. Da steht einer in der Tür, blond, blauäugig. Das ist Daniel. Er trägt Polohemden, wie Moritz. Daniel macht einen Schritt auf Ingrid zu, küsst sie rechts, links auf die Wange. Daniel ist einen Kopf kleiner als Moritz, alle sind immer einen Kopf kleiner als Moritz. Moritz geht in die Küche hinüber. Daniel hält Ingrids Hand einen Moment zu lange fest. Der erste Eindruck: dass er ihre Hand zu lange festhält.
In der Küche bricht Moritz Eiswürfel aus einer Form. Moritz und Daniel haben zusammen studiert, sie arbeiten im selben Krankenhaus. Ingrid fällt die Freude schwer. Den ganzen Tag hat sie auf Moritz gewartet. Sie geht in die Kammer, um sich was überzuziehen. Natürlich versteht Ingrid Spaß, warum sollte sie eingeschnappt sein? Sie bleibt nur einen Moment lang im Dunkeln stehen, die Jeans in der Hand.
Nach dem ersten Getränk ist alles gut. Nachdem es sich etwas übergezogen hat, macht das Mädchen sich locker.
In der Küche, im Zigarettendunst, dann der zweite Eindruck von Daniel: Dass in ihm etwas wankt, jederzeit droht zu kippen. Das Mädchen hat keine Worte dafür, aber ein Gespür. Daniel lacht zu laut, er redet zu schnell, er kann die Hände nicht ruhig halten, wippt mit den Knien. Als Moritz einen Scherz auf seine Kosten macht, huscht ein Schreck über Daniels Gesicht, dann erst lacht er. All

das bemerkt Ingrid und vergisst es gleich wieder. Denn Daniel interessiert sich für Ingrid, an diesem ersten Abend fragt er sie gleich, was sie hier will. Erst fragt er, wie sie heißt, dann fragt er, nach vielen Getränken in einer Bar, fragt Daniel Ingrid, was sie so macht. Moritz ist auf dem Klo. Moritz holt gerade Zigaretten. Moritz baggert die Kellnerin an. Das Mädchen ist cool, es sieht Moritz am Tresen und sagt nichts. Kein Zicken, keine Szene, ist doch nur Spaß. Was soll ich schon machen, ich sitz hier mit euch, lacht Ingrid und zieht ihre Hand unter Daniels weg. Sie weiß keine Antwort, aber ihr gefällt, dass er fragt. Da ist Moritz. Steht vor ihnen, groß wie ein Baum. Sein Blick fällt auf Daniel hinab. Daniels Mund, ganz nah an Ingrids Ohr: Was willst du mit dem? Eine Kopfnuss, ein Hieb, kein: Finger weg. Denn das Mädchen ist ja ein freier Mensch, das Mädchen kann selbst entscheiden.

Von nun an ist Daniel dabei. Zwei plus eins, sie sind wieder drei. Zu dritt fallen sie aus dem Klub in den Park, in den Sonnenschein. Sie fallen in den See, in ein Ruderboot fallen sie, Moritz rudert, und Daniel macht Moby Dick, Daniel macht Ungeheuer von Loch Ness, macht Tsunami. Wir kentern, wir kentern, schreit Daniel. Ingrid grinst hinter ihrer Sonnenbrille und hält sich fest. Winkende Touristen, wankende, schwimmende Hunde, Seerosen. Vom Biergarten in die Bar zurück in den Klub. Das Mädchen ist überhaupt noch nicht müde. Das Mädchen klettert auf Moritz' Schoß und stößt die Zunge in seinen Mund. Daniel klatscht in die Hände.

Sie schlagen sich die Nächte um die Ohren. Vielleicht ist es nur ein Wochenende, aber diese Stunden wiegen schwer

in der Zeitrechnung des Mädchens. Ingrid mag Daniel, sie ist gerne zu dritt. Es fühlt sich an, als würde das immer so weitergehen.
Doch dann taucht die Frau mit dem Pferdeschwanz auf. Sie löst sich aus der Dunkelheit, tritt auf Ingrid zu. Ingrid hatte vergessen, sie hat vergessen, dass jener erste Kuss gar nicht ihr galt. Als sie den Pferdeschwanz sieht, erinnert sie sich. Die Frau reicht Ingrid die Hand. Judith, hallo. Die Musik ist laut, Ingrid muss ihren eigenen Namen schreien. Die Frau mit dem Pferdeschwanz nickt, sie weiß. Daniel tritt neben sie, sein Arm landet auf der Schulter der Frau, sein Mund an ihrer Schläfe, sagt: Meine. Das ist Daniels Frau. Das Mädchen mauloffen. Die Frau mit dem Pferdeschwanz sieht Ingrid an, als sei sie gespannt, ob aus diesem Maul noch etwas kommt, aus diesem Mädchenmaul, oder ob von der Kleinen nichts zu erwarten ist. Ingrid blickt von Daniel zu Judith und wieder zurück. Daniel lächelt sehr freundlich. Zum Glück ist die Musik so laut, dass Ingrid nicht reden muss, es sei denn, sie will beweisen, dass sie mehr ist als nur ein Mädchen. Will sie nicht, ist sie nicht. Das Mädchen nickt, das Mädchen wippt. Daniel lächelt weiterhin freundlich. Moritz tritt zu ihnen, seine Hand landet auf Ingrids Schulter, als sei alles klar.
Hey Judith, sagt Moritz, wie geht's?
Bestens, sagt Judith und sieht dabei Ingrid an. Von oben nach unten, ihr Blick, von Frau auf Mädchen.
So etwas wie ein Streit an der Bar, nur dass Moritz grinst. Das Mädchen empört: Mit der Frau deines Kumpels? Es zischt: Was für ein Schwein bist du nur?
Was weißt du schon, grinst Moritz, nichts weißt du, außer-

dem ist das hier nicht der richtige Ort. Aber auch später, im Taxi, im Bett, keine Erklärung, die alles besser macht. Ein Schulterzucken und eine Mauer: Das verstehst du ja doch nicht. Eine Mauer um ihn und die Frau mit dem Pferdeschwanz. In dieser Nacht schläft das Mädchen an die Wand gepresst, so weit weg wie möglich von seinem Rücken.

An den folgenden Abenden bleiben Ingrid und Moritz zu Hause. Moritz bewegt sich in der Wohnung, als sei Ingrid nicht da. Er telefoniert, sitzt am Computer. Ingrid vor dem Fernseher, regungslos, sie schafft es nicht einmal, umzuschalten. Moritz geht früh ins Bett. Als Ingrid sich zu ihm legt, wird er nicht wach.
Ingrid schläft lange nicht ein. Das Mädchen weiß, dass es gehen muss. Aber etwas hält Ingrid. Etwas ist wahr. Sie steht in der Mitte des Zimmers, in der Hand eine Zigarette, und betrachtet die Luftmatratze, die da immer noch liegt. Wie eine Wurstpelle. Wie ein benutztes Kondom. Ein unbenutztes Kondom. Ingrid betrachtet die Luftmatratze und erinnert sich an etwas, das sie in der Grundschule gelernt hat.
Das Glück bröckelt, das Mädchen versucht, es festzuhalten. Beide Arme schlingt es um Moritz. Der muss aber morgen früh raus. Moritz muss schlafen. Das Mädchen weiß, dass es nicht betteln soll. Seit langer Zeit denkt das Mädchen zum ersten Mal an seine Mutter. Es soll nicht betteln, soll leicht sein und cool. Die Strategin im Mädchen versagt, dem Mädchen laufen Tränen über die Wangen.

Moritz schüttelt das Mädchen, was soll das? Er ist schon längst zur Tür hinaus, vor Stunden ist er gegangen, seine Stimme hallt nach.
Das Mädchen schöpft Hoffnung, als Moritz eines Morgens von einer Party erzählt. Mit einer Party haben schon einmal die schönen Tage begonnen, sagt sich das Mädchen. Moritz spricht keine Einladung aus, das Mädchen sagt zu. Bei Daniel und Judith, sagt Moritz, die Türklinke schon in der Hand, mehr so ein Essen, kein richtiges Fest. Das Mädchen nickt eifrig, es ist dabei. Die Tür fällt ins Schloss.
Den ganzen Tag ist das Mädchen müde. Es kann sich kaum auf den Beinen halten, so müde ist es. Gegen Abend schleppt es sich vom Bett in die Wanne.

In der einen Hand hält Moritz eine Flasche Wein, in der anderen einen Strauß Blumen. Deswegen kann er Ingrid nicht anfassen, als sie vor der Wohnungstür stehen und klingeln. Er kann dem Mädchen nicht über den Rücken streichen, oder den Arm. Moritz hat die Hände voll, er kann Ingrid nicht anlächeln. Aus dem Inneren der Wohnung sind Stimmen zu hören, Musik. Das Mädchen rennt nicht davon, es lächelt tapfer. Die Tür öffnet sich, und Daniel steht vor ihnen. Freudiger, zappliger Daniel. Nimmt ihnen Blumen und Wein ab. Moritz hat beide Hände jetzt frei, er geht voran. Am Ende des Flurs brauen sich die Stimmen zusammen, eine Begrüßung entlädt sich, als sie das Zimmer betreten.

Fischbrocken, Krebsbeine, Muscheln, Ingrid muss würgen. Mit dem Löffel in der Faust sitzt sie über dem Teller und wünscht sich, sie wäre unsichtbar. Um sie herum sitzen Ärzte und Ärztinnen, sie reden über Amputationen, Füße und Blinddärme. Ingrid sitzt da und traut sich nicht aufzusehen, sie würgt an einem Stück Muschel und weiß, wenn sie aufsieht, blickt sie Judith direkt ins Gesicht. Die Königin sitzt am Kopf der Tafel, ernst und schön, Judith hält Audienz.
Und du, du studierst Medizin? Eine fremde Stimme, quer über den Tisch. Ingrid hat noch immer die Muschel im Mund, den Muschelmuskel, Ingrid hat ihre Zunge verschluckt. Sie schüttelt den Kopf. Die fremde Stimme will wissen, woher Ingrid dann Moritz kennt. Die Antwort übernimmt Moritz selbst. Er sagt die Wahrheit, mehr nicht. Die kleine Schwester seines besten Freundes von früher springt von ihrem Stuhl auf, sie lässt den Löffel fallen, den Stuhl, und schafft es gerade noch bis ins Bad. Ingrid spuckt die Muschel ins Klo, ein rosafarbener Klumpen.
Nachdem Ingrid gekotzt hat, versteckt sie sich eine Weile auf dem Balkon. In der Dunkelheit steht ein Mann und raucht, er gibt Ingrid Zigaretten und Feuer und sagt kein Wort. Ingrid beruhigt sich. Alles ist gut. Auf keinen Fall darf sie Moritz jetzt nerven. Ingrid setzt ihr lockerstes Lächeln auf und geht zurück in die Wohnung. Das Essen ist vorbei, die Leute sitzen in kleinen Gruppen zusammen. Ingrid will Moritz finden, sie will ihm ihr Lächeln zeigen. Moritz soll wissen, dass man sie überall mit hinnehmen kann. Ingrid wandelt durch die Wohnung, immer noch

ein Zimmer und noch eins, immer mehr Ärzte, immer mehr Ärztinnen. Ingrid stößt eine Tür auf und sieht, die Audienz findet im Schlafzimmer statt. Dort kniet Moritz und hält Judiths Hände in seinen. Judith sitzt auf dem Bett und blickt Ingrid geradewegs an.

Als Ingrid die Augen aufschlägt, schauen die Ärzte und Ärztinnen auf sie hinab. Sie stehen im Kreis, Diagnose: Diesem Mädchen geht es nicht gut.
Und Judith: Um Gottes willen, Moritz, bring sie doch endlich nach Hause.
Ingrid, sagt Ingrid, ich heiße Ingrid. Da hat Moritz sie schon, eine Hand in der Achsel, die andere unter den Knien – und ganz entfernt, eine blasse Erinnerung, dass sie das nicht mehr wollte. Ingrid wollte sich nicht mehr herumtragen lassen.
Im Taxi beginnt Ingrid zu wimmern, dort geht es los. Moritz fragt, ob sie besoffen ist. Wie das so schnell gehen konnte. Tja, sagt Ingrid, einmal ist keinmal, keinmal ist einmal, einmal reicht und vielmal erst recht. Viermal am Tag! Moritz seufzt, Moritz hat das jetzt nicht gehört, Von zwei Gläsern Wein, oder wie? Moritz lehnt die Stirn gegen die Fensterscheibe, fragt den Taxifahrer, ob er rauchen darf. Der Taxifahrer im Gegenzug fragt, ob Moritz noch alle Tassen im Schrank hat.
Kannst du mal aufhören zu heulen, fährt Moritz Ingrid an, es gibt keinen Grund.
In der Wohnung geht der Ärger erst richtig los. Ingrid schreit, sie sitzt auf Moritz' Bett und schreit wie am Spieß. Moritz weiß nicht, was tun mit diesem Mädchen. Die

Nachbarn sind nur ein Problem. Moritz holt Wasser und Eiswürfel, als das nichts hilft, holt Moritz Schnaps. Moritz will wissen, was dem Mädchen weh tut. Das Herz, du Arschloch. Moritz versteht es tatsächlich nicht. Die Tür geht auf, und dort kniet er vor der Königin, ihre Hände in seinen. Moritz weiß genau, was dem Mädchen fehlt, aber er lässt es nicht gelten. Moritz kann tun und lassen, was er will, darauf besteht er. Wasser und Eiswürfel und Schnaps, mehr hat er nicht zu bieten. Wenn das den Schmerz des Mädchens nicht stillt, kann er nichts machen. Ingrids Schrei dauert an. Moritz legt sich das Kissen über die Ohren. Er muss morgen früh raus. Wirklich, Ingrid, früh. Doch das Mädchen hört nicht auf zu schreien, das Mädchen holt nicht einmal Luft. Wo Moritz doch den Schlaf gerade so bitter nötig hat.

Am Morgen nimmt Moritz das Kissen von den Ohren, kein Auge hat er, und das Mädchen schreit noch immer, mit letzter Kraft. Moritz ist kurz davor, das Mädchen zu schlagen. Er hat schon ausgeholt. Doch dann kriecht er nur aus dem Bett, Moritz zieht sich ein Poloshirt über und Jeans, Moritz knallt mit der Tür. Ingrid verstummt. Das Mädchen kippt nach hinten um und fällt in einen kurzen, traumlosen Schlaf. Wacht auf und weiß, was zu tun ist. Es steht auf und geht zur Drogerie. Während Moritz einen Zeh amputiert, hält das Mädchen ein fieberthermometerähnliches Gerät in eine Tasse Urin. Moritz amputiert den falschen Zeh. Wie kann so etwas passieren. Moritz ist seit siebenundzwanzig Stunden wach. Die anderen haben gepennt, der Chefarzt hat gepennt, die Schwestern haben gepennt, die Anästhesistin hat gepennt.

Nur Moritz war wach, seit fast dreißig Stunden. Da hat er den zweiten statt dem dritten. Der Patient sitzt mit großen Augen im Rollstuhl, der Patient macht Augen, als er aus der Narkose erwacht.
Ingrid steht in Moritz' Badezimmer und schaut in den Spiegel, sie wendet den alten Trick an, lässt sich verschwinden. Moritz steht vor dem Spiegel im Ärztezimmer, spritzt sich Wasser ins Gesicht. Wie soll er aus der Geschichte heil wieder rauskommen? Der Zeh ist ab. Kein Irrtum möglich. Ein Smiley smiled Ingrid an, zwei Streifen leuchten rot, ganz eindeutig. Ebenso eindeutig seine Antwort, Stunden später.
Moritz tigert durch die Wohnung, der falsche Zeh könnte das Ende seiner Karriere bedeuten. Und für den Patienten, natürlich, der Patient, für den ist das schlimm. Moritz tigert und telefoniert, mit Kollegen, mit einem Anwalt. Ingrid sitzt auf dem Sofa, die Knie mit beiden Armen umschlungen. Kein guter Zeitpunkt für ihre Frage. Die Frage muss aber gestellt werden, Ingrid muss das jetzt wissen. Ingrid weiß es, sie ahnt es, sie muss es hören. Und so wartet das Mädchen. Irgendwann verlangsamt sich Moritz' Schritt, Immer mit der Ruhe, säuselt die blonde Stimme der Anwältin in seinem Ohr, wir kriegen das hin. Ich kümmere mich drum. Moritz legt auf. Er lässt die Hand mit dem Telefon sinken, sieht Ingrid an. Moritz runzelt die Stirn. Er will sich abwenden, wendet sich ab, er will hinübergehen ins Schlafzimmer. Wenigstens ein paar Stunden Schlaf. Moritz hat in den Kragen seines Pullovers gegriffen, um ihn sich über den Kopf zu ziehen, da ereilt ihn die Frage des Mädchens. Die Mädchenfrage ist eine Mär-

chenfrage, ist eine Frage, die kein Mädchen stellen sollte, das die Antwort schon kennt. Moritz dreht sich in Zeitlupe um.
Nein, Ingrid, sagt Moritz, ich liebe dich nicht.

Jetzt muss Ingrid gehen. Bleiben ist keine Option. Ingrid muss gehen, sie muss den Kopf gegen Wände schlagen, sie muss sich die Seele aus dem Leib tanzen, Gegenschmerz. Ingrid findet den Weg auch allein. Über Parkplätze, durch Hinterhöfe, treppauf und treppab. Ingrid schleicht sich an der Schlange vorbei, unter der Tür durch, Ingrid ist unsichtbar. Der Bass fährt in sie, nur dass es dieses Mal weh tut. Alles tut weh. Der Schnaps in ihrem Hals, Ingrid tanzt mit brennender Kehle, nur dass das kein Tanzen ist, sondern ein Zucken. Ingrid sieht nicht die Blicke, die Hände, die sie versuchen zu halten. Ingrid prallt gegen Wände und Tresen, und in der zweiten Nacht, nachdem sie eine Nacht und einen Tag getrunken und gekotzt und geschlafen und weitergetrunken hat, prallt sie gegen Daniel. Irgendwo, in der Tiefe des Suffs, erstrahlt einen Moment lang die Hoffnung, dass Moritz ihn schickt. Daniel soll das Mädchen finden, es retten. Aber Daniel weiß wie immer von nichts. Daniel redet von Zehen. Von kleinen Brötchen, die Moritz backen soll. Vielleicht sollte sich Moritz versetzen lassen, Daniel zappelt und lacht und kauft Ingrid ein Bier. Daniel streicht Ingrid das Haar aus der Stirn und hat keine Ahnung, was er da tut. In der Tiefe Hoffnung. Das Mädchen schließt die Augen und lässt sich in Daniels Hände fallen. Weißt du. Daniel weiß nichts, Daniel soll aber wissen. In einem dunklen Winkel flüstert Ingrid Daniel ins Ohr.

Oh Scheiße, bist du ganz sicher?, Daniel zappelt: Scheiße oh Scheiße. Ingrid legt ihren Kopf in Daniels Schoß, Er liebt mich nicht, da hört Daniel endlich auf, mit den Knien zu wippen. Daniel streicht ihr das Haar aus der Stirn. Er verspricht, dem Mädchen zu helfen.

Daniel öffnet die Tür zu der Wohnung, die Ingrid schon kennt, nur dass die Worte dieses Mal hallen. Ingrid sitzt auf dem Bett, Daniel tritt auf sie zu. Da ist noch was, sagt er, und Ingrid vergisst es sogleich. Daniel tritt in Boxershorts auf Ingrid zu und gibt ihr die Pille. Drei Tabletten gibt Daniel dem Mädchen. Eine nimmt Ingrid sofort. Daniel kocht einen Tee. Ingrid darf noch eine Stunde auf dem Bett liegen, eine von zweiunddreißig Stunden, bevor sie die nächste Tablette nimmt. Wo sie die restlichen einunddreißig Stunden verbringt, ist Ingrids Problem.
Ingrid findet wieder den Weg, wieder schleicht sie sich, die Blicke kennen sie schon und lassen sie trotzdem rein. Drinnen der Herzschlag. Ingrid schließt die Augen und wartet darauf, dass er schwächer wird. Sie knallt mit dem Kopf auf den Tresen. Als man sie weckt, weiß Ingrid nicht, ob einunddreißig Stunden schon um sind, schnell spült sie die Tablette mit einem Glas Schnaps herunter. Ingrid soll mal nach Hause gehen. Mädchen, geh jetzt mal lieber nach Hause, sagt der hinter der Bar und meint es ernst, er meint es nur gut mit ihr. Okay, sagt Ingrid und erhebt sich vom Barhocker, okay. Ganz okay dann aber doch nicht, als Moritz die Tür öffnet, fällt ihm das Mädchen entgegen. Moritz fängt Ingrid auf, aber nur, um sie unter die kalte Dusche zu stellen. Moritz duscht Ingrid kalt ab, es

reicht jetzt, jetzt reicht's. Er beruft sich auf Ingrids Angebot, er könne jederzeit sagen, wenn sie ihm zu viel wird, dann würde sie gehen. Jetzt sei es so weit. Moritz zählt Ingrid Tage vor, Wochen. Ingrid sieht ihn an und kann nicht glauben, dass sie jemals angeboten haben soll, zu gehen. Aber wenn Moritz es sagt. Eine Frau, ein Wort. Ingrid rappelt sich auf, tropfnass ins Zimmer, Moritz läuft mit einem Handtuch hinter ihr her: Ich bring dich zum Bahnhof.

Du musst das verstehen, sagt Moritz, als sie am Gleis stehen, ich habe jetzt wirklich andere Sorgen. Ingrid sieht ihn nicht an. Sie beobachtet eine Frau, deren Arm bis zur Achsel in einer Mülltonne verschwindet.
Ich muss gar nichts, sagt Ingrid, oder sie denkt es, jedenfalls schließt Moritz sie in seine Arme. Wenn Ingrid nicht so müde wäre, würde sie ihn schlagen, sie würde ihm das Knie in den Unterleib rammen, andere Sorgen. Aber Ingrid lässt sich in die Arme nehmen und sagt nichts, Ingrid lässt sich in Richtung Zug schieben, Ingrid steigt ein. Die Türen schließen hinter ihr, Ingrid fällt in den erstbesten Sitz, der Zug fährt an. Ingrid blickt zum Fenster hinaus, aber der Bahnsteig ist leer. Ist er nicht, die Frau wühlt noch immer im Müll, viele Leute stehen auf dem Bahnsteig. Nur Moritz nicht, der muss los, der hat andere Sorgen. Der Zug verlässt den Bahnhof, und die Blutung setzt ein. Ingrid spürt etwas Warmes zwischen ihren Beinen und erinnert sich an Daniels Worte. Das kann heftig werden, das kann weh tun, hat er gesagt.
Auf der Zugtoilette zieht Ingrid sich eine andere Hose an, sie stopft ihre Unterhose mit Klopapier aus, aber es hilft

nichts. Kurz darauf ist wieder alles feucht. Vielleicht tut es auch weh, Ingrid spürt nichts. Ingrid stopft mehr Papier in die Hose, sie wickelt sich ein Hemd um die Hüfte. Einen Moment lang sitzt Ingrid ruhig, sie schaut aus dem Fenster. Die Stadt fliegt vorbei, der Fluss, der Regierungssitz. Als sie das nächste Mal aufsteht, um aufs Klo zu gehen, ist Blut auf dem Polster. Die Frau, die ihr gegenübersitzt, blickt Ingrid sorgenvoll an.
Alles in Ordnung?
Ingrid nickt, dann schüttelt sie den Kopf, dann wird ihr schwarz vor Augen.

Soll ich einen Arzt rufen?
Um den Hals des Schaffners hängt eine Trillerpfeife. Ingrid sieht sich um. Sie liegt im Schaffnerabteil, ausgestreckt über drei Sitze. Die sorgenvolle Frau steht neben dem Schaffner. Ingrid schüttelt den Kopf: Ich will nach Hause.
Der Schaffner fragt, wo das denn sei, und Ingrid lügt, sie sagt: Meine Mutter wartet am Bahnsteig auf mich. Damit gibt sich der Schaffner zufrieden. Ingrid darf liegen bleiben, die sorgenvolle Frau streichelt Ingrids Hand, als wisse sie mehr.
Ingrid schläft immer wieder ein, zwischendurch geht sie aufs Klo. Die Frau hat ihr Binden gegeben, die Blutung lässt nach. In der alten Stadt angekommen, bedankt Ingrid sich mit schwacher Stimme und verschwindet dann schnell. Die Frau dreht sich um, und Ingrid ist weg.
Ingrid tritt in die Bahnhofshalle, sie ist wieder da. Ingrid überlegt, ob sie heulen soll, aber sie kann nicht, kotzen

geht auch nicht, sie hat nichts im Magen. Ingrid setzt sich auf ihren Rucksack. Ingrid sitzt in der Bahnhofshalle auf ihrem Rucksack, und gerade als sie sich eingesteht, dass sie nicht weiß, wohin, legt sich eine Hand auf ihre Schulter. Ingrid blickt auf.
Hey, alles klar?
Ingrid erkennt das Gesicht nicht sofort, das dauert einen Moment. Diese Stupsnase hat sie schon einmal gesehen. Mehrmals, beim Ausgehen, auf Partys. Man kennt sich, gemeinsame Freunde. Ingrid kennt dieses große, blonde Gesicht. Das ist diese Jenny.
Ja, sagt Ingrid, nein. Geht so, sagt Ingrid. Ich bin wirklich sehr müde und kann nicht nach Hause.
Diese Jenny zögert nicht lange. Komm mit zu mir, sagt sie, ich habe ein Sofa, da kannst du schlafen.

SIEBEN

Ingrid steht im Waschsalon und hält den Satin gegen das Licht. Die Flecken sind immer noch da, eine blasse Inselgruppe in der Weite des Stoffs. Da hätte es Gallseife bedurft, oder etwas mehr Willen, etwas mehr Kraft. Ingrid stopft die nasse Bettwäsche in die Tüte, mehr kann sie nicht tun. Lange genug hat sie dem Drehen und Wirbeln der Wäsche im Bullauge zugesehen, jetzt muss sie los, arbeiten, Blutflecken hin oder her. Ingrid muss dort sein, im Klub. Wenn Moritz sie findet, dann da. Ingrid ertappt sich bei diesem Gedanken: dass Moritz sie suchen wird. Einen Moment lang ist sie ganz sicher und stürzt hinaus in die Winternacht. Zum Glück ist's ein Stück Weg bis zum Klub, genug Zeit, sich zu beruhigen. Und wenn schon, denkt Ingrid zum Klappern ihrer Schritte auf dem Asphalt. Wenn er mich sucht und mich findet, was dann? Es gibt nichts zu sagen. Im Gehen raucht Ingrid. Sie blickt in die jahresmüden Gesichter der Leute, es ist kalt. Die Tüte mit Bettwäsche schlenkert an Ingrids Handgelenk, Ingrid zieht eine tropfende Spur hinter sich her. Die Tropfen gefrieren. Ingrid schmeißt die Zigarette weg, versteckt ihre Nase im Schal. Eine Spur gefrorener Tränen auf dem Asphalt, und wenn schon.

Ingrid vor dem Spiegel, sie malt sich Kringel. Malt sie nicht, würde sie aber gerne. Grüne Ranken, quer über Wangen und Stirn. Eine Dornenhecke, um dahinter hundert Jahre zu schlafen. Meine Güte!, Graziellas Zeigefinger ist auf sie zugerast, als sie kam: Du siehst ja fürchterlich aus! Wie wär's mit Lippenstift, ein wenig Rouge?, der Finger fuchtelnd vor Ingrids Nase. Ingrid malt keine Dornenhecke, Ingrid malt ein Gesicht, Augen und Mund.

Von draußen ein Kreischen, Graziella: Wem ist die? Graziella hält die Tüte, die immer noch da ist, die ist nicht verschwunden, in ihren Händen. Was Ingrid nicht sieht, weshalb sie nicht antwortet. Ingrid denkt an ihren rankenumwobenen Kopf. Graziella will aber wissen, wem in aller Welt das pitschnasse Bettzeug gehört. Mona, kauernd über einem Strich Koks: Der Ingrid. Das hört Ingrid nun, sie hört auch das Rascheln der Tüte und ist empört. Setzt den Stift ab. Dem Edgar, schreit sie, so laut sie kann, und das tut irgendwie gut. Ingrid wartet einen Moment, Gesicht vor dem Spiegel, Stift in der Hand. Draußen lässt Graziella die Tüte fallen.

Das pitschnasse Bettzeug bleibt Tage und Wochen unbeachtet, liegt dort zwischen Spiegeln, bis eine es riecht. Die Zeiten sind schlecht, man steht vor der Pleite, wie zum Hohn bricht der Frühling aus. Niemand wundert sich über den Modergeruch. Niemand außer Mona. Riecht ihr das nicht? Mona schnupft, Mona schnüffelt, Mona steht auf. Die gelangweilten Blicke der anderen hinter ihr her. Die gelangweilten anderen haben Mona und ihr Näschen längst vergessen, als sie zwischen den Spiegeln hervortritt, in der einen Hand die Tüte, in der anderen ein verschimmeltes Etwas mit Inseln darauf. Boah, ist das eklig! Ganz leise das Echo, Dem Edgar, dem Edgar, aber

all das geschieht im Frühling, in einer anderen Zeit. Wenn alles schon anders ist.
Am heutigen Abend ist alles wie immer, ist alles wie nie. Graziella zeigt sich zufrieden mit Ingrids Gesicht, zunächst. Geht doch, bist doch ne Hübsche, wenn du noch lächelst, ist alles okay. Doch indem sie das sagt, erinnert sich Graziella an die gestrige Nacht, sie erinnert sich an das schlafende Mädchen, auf einem Fass, und daran, was Olga gesagt hat. Es habe keinen Sinn, Ingrid zu wecken, die sei völlig drüber, besoffen und/oder vielleicht immer noch krank? Graziella hat Ingrid schlafen lassen, das fällt ihr jetzt ein, und ihr Wohlwollen für das hübsche Gesicht wandelt sich in Vorwürfe gegen das versoffene Mädchen dahinter. Du sollst nicht so viel saufen, zetert Graziella ziemlich übergangslos, irgendwann ist Schluss, dann kannst du sehen, wo du, auf der Straße bleibst du dann nämlich!
Ingrid beschwichtigt, Reg dich nicht auf!, und Graziella brüllt Drecksbratze!, allerdings auf Italienisch, was keiner versteht. Ingrid kümmert sich gar nicht darum, sie hat es ja ohnehin nicht verstanden. Ingrid blickt auf ihre Hände, der Nagellack blättert. Zum wiederholten Male betrachtet Ingrid das Pflaster, die Falten und Furchen an ihren Händen, als könnte sie lesen, was da geschrieben steht. Die Zukunft, Ingrid zuckt mit den Schultern, welche Zukunft, Ingrid spült Gläser. Immerhin ist sie anwesend. Das könnte sie der tobenden Graziella sagen: Immerhin ist die Drecksbratze pünktlich zur Arbeit erschienen. Edgar trudelt ein, er reicht Ingrid zur Begrüßung die Hand. Dean trudelt ein, Kathi und, im Sturzflug, mit wummernden Bässen,

auch Mike. Alle zu spät. Graziella kommt aus dem Fluchen gar nicht mehr raus. Währenddessen erinnert sich Ingrid, die Hände im Spülwasser, an einen Zettel, in einem Keks, vor vielen Jahren. YOU WILL TRAVEL TO A DISTANT PLACE stand da. Sie hat ihn aufbewahrt. Sie weiß nur nicht mehr, wo.

Der Abend beginnt zwar verspätet und unwirsch, aber er beginnt, mit sauberen Gläsern. Und wie so oft, wenn etwas beginnt, passiert erst mal nichts. Ein Trippeln, ein Trommeln, ein Rauchen, ein Seufzen. Edgar vor der Tür pfeift. Mona hat ein neues Kleid, sie sitzt am Tresen und freut sich. Mike macht im Hinterzimmer Liegestütz und hat ebenfalls Freude an seinem Körper, so scheint es. Der Abend tröpfelt dahin, und manch einer denkt, dass Graziella sich völlig unnötig aufgeregt hat, ist doch Zeit, ist doch noch ewig Zeit (murmelt Mike pumpend).

Ewigkeit hin oder her, plötzlich ist jetzt, der Vorhang geht auf: Es tritt ein der senfgelbe, bierbäuchige, borstenhaarige, mittelständlerische, familienvorstehende Kerl. Der Pisser vom Abend zuvor. Alle sehen ihn, erkennen ihn, nur Ingrid nicht, die ist in Gedanken woanders, ein ferner Ort.

Graziella mit ausgebreiteten Armen: Wie schön, Sie wiederzusehen, heute allein?

So allein, säuselt Mona und rekelt sich auf ihrem Barhocker. Nutte, zischt Kathi, aber die neidet ihr auch das Kleid. Graziella will den Senfgelben zum Tisch geleiten, schnippst Kathi zu, Kathi erhebt sich, da sagt der Senfgelbe, er möchte heute lieber am Tresen.

Am Tresen? Na gut.

Mona feixt, das Kleid funktioniert.

Was gibt's da zu feixen?, faucht Kathi sie an. Mona macht Schmollmund.

Als der Senfgelbe auf den Hocker vor ihrem Tresen klettert, sieht Ingrid ihn auch. Und erschrickt. Sie hat ihn vergessen, hat vergessen, dass es ihn gibt. Sie erschrickt, als sie ihn sieht, und schmeißt etwas um.

Ungetüm, denkt sie, mehr Gefühl als Wort.

Ungestüm, sagt der Senfgelbe und lacht sein meckerndes Hubtechniklachen. Auch Olga lacht, wischend, Blue Curaçao, Graziella lacht, und Mona kann sich kaum auf dem Hocker halten vor Lachen. Mona muss sich an der Schulter des Senfgelben festhalten. Der ist wiedergekommen, denkt Ingrid, den lässt was nicht los. Denkt sie nicht, sie fühlt es vielmehr und liegt damit richtig. Der Blick des Senfgelben gilt ihr. Es gibt kein Verstecken, unter seinem Blick muss sie handeln. Sie muss auf und ab gehen hinter der Bar. Ingrid pult den restlichen Lack von ihren Nägeln, kaut auf der trockenen Haut. Nur ihn nicht ansehen. Mona bemerkt es als Erste, das Kleid hat seine Wirkung verfehlt. Der Senfgelbe legt zwar die Hand auf Monas Schenkel, aber er guckt gar nicht hin. Der guckt ja nur Ingrid an. Sieht ihr nach, wie sie geht, pult und kaut.

Olga reicht dem Senfgelben ein Glas Fernet, Graziella fragt: Was können wir Ihnen Gutes tun? Wie wär's mit Kaskaden aus Fleisch?

Der Senfgelbe ignoriert Graziellas Vorschlag. Er trinkt, schwenkt den Schluck durch den Mund. Dann gibt er zu, ein Problem zu haben. Ingrid bei der Kaffeemaschine macht sich ganz klein. Sie weiß, solche wie der haben keine Probleme. Der Senfgelbe holt Luft, es verhalte sich so: Das

Mädchen hat gestern, also, es hat was gesagt, das hat ihm gelinde gesagt den Abend versaut. Ihm als Kunden und König, den sauteuren Abend. Der Senfgelbe ist nicht gewillt, das hinzunehmen. Pause. Ganz und gar nicht gewillt. Pause. Der Senfgelbe grinst. Das Mädchen soll sich entschuldigen. Pause. Er weiß auch schon, wie.
Tja, (Pause) sagt Graziella, und Olga sagt: Oh. Beide sehen das Mädchen an. Mona hat sich längst abgewendet, sie betrachtet das Glitzerspiel der Diskokugel, ihr Fuß zuckt im Takt der Musik.
Graziella, tastend: Was er sich vorstellt?
Und der Senfgelbe, strategisch und streng: Völlig inakzeptabel.
Graziella: Ja, ja, aber was er denn will, raus mit der Sprache!
Der Senfgelbe trinkt seinen Fernet, genießt. Das Mädchen habe ihm da einen Vorschlag gemacht. Ingrid erstarrt. Sie weiß noch nicht, was und wie, sie weiß aber, dass. Das Mädchen habe vorgeschlagen, in einer samtsanften Stimme, unter schwarzblauen Lidern hervor, etwas lallend, wenig artikuliert, aber doch unüberhörbar habe das Mädchen ihm vorgeschlagen, er solle. Der Senfgelbe streckt den Zeigefinger in die Höhe. In den Arsch, er sich. Was doch eine ziemliche Beleidigung sei.
Seufzen, unüberhörbar, oh Ingrid. Graziella setzt an, es tue ihr leid, sie müsse sich, in aller Form, und hoffe, ihn dennoch als Gast. Der Senfgelbe winkt ab, leere Worte. Wie wäre es, wenn das Mädchen seinen eigenen Vorschlag befolge, als Wiedergutmachung. Bloß nicht sich selbst, sondern ein anderer ihr. Und auch nicht den Finger. Der Senfgelbe deutet in Richtung Bühne.

Einen Moment lang Erstaunen, Stille, Augenbrauen gehen in die Höhe. Olga kapiert als Erste, sie lacht. Auch Mona versteht, Mona hat schon vergessen, dass sie verschmäht wurde, sie fährt auf ihrem Hocker herum. Das ist ein Ding! Jetzt wird es spannend!
Graziella bleibt ruhig: Das hat seinen Preis. Ingrid hebt die Hand, wie in der Schule, Aber ich. Graziella fällt ihr ins Wort, nicht weil es Sinn ergibt, es klingt einfach gut: Alles hat seinen Preis. Und Olga schiebt hinterher: Nun hör's dir doch erst einmal an. Einwand unterbunden. Dabei gibt es gar nichts zu hören, es ist doch alles gehört, Ingrid will nicht, Ingrid hat ihre Tage.
Mit wem überhaupt?, fragt Mona laut.
In diesem Moment tritt Mike an den Tresen. Er reibt sich den Oberkörper mit einem Handtuch ab, seine Muskeln sind aufgepumpt, Mike grinst wie ein Sieger. Egal mit wem, hat der Senfgelbe eben gesagt, jetzt sieht er Mike an: Der ist in Ordnung. Sofort schmeißt sich Mona Mike an die Brust, filmreif und flüsternd weiht sie ihn ein in den Plan. Mike zuckt mit den muskelbespannten Schultern, warum nicht, für ihn ist das nichts Neues. Er schenkt Ingrid ein Lächeln.
Aber Ingrid, Aber ich. Das ist kein Satz, das ist keine Aussage. Olga flüstert beruhigend: An ein bisschen Blut stört sich doch keiner. Flüstert von einem Piraten und senfgelber See. Sie flüstert: Dein Fötzchen, Prinzessin, rührt keiner an. Ingrid glaubt zu ersticken, aus ihrem Hals kommt nur Aber aber ich ich. Kathi und Edgar und Dean treten heran, alle stehen am Tresen. Die Blicke schwenken auf Ingrid, die stottert und stammelt, erst blasskalt, dann

heißrot wird. Ganz schön viel Aufmerksamkeit für eine, die eben noch unsichtbar war. Es ist Graziella, die dem Zaudern und Glotzen ein Ende bereitet. Sie legt die Hand auf Ingrids Schulter. Sie sieht den Senfgelben an, ergreift das Wort: Ihr habt es gehört, das Mädchen will nicht.
Was man eben so sagt, wenn ein Thema erledigt ist.
Der Senfgelbe versteht, hat richtig verstanden. Der Senfgelbe nennt einen Preis. So viel ist er bereit zu zahlen für eine Entschuldigung der besonderen Art. Ingrid schüttelt den Kopf, nicht zu haben. Graziella hingegen, ihre Hand wird steif in Ingrids Nacken. Auch die anderen finden, das sei eine Menge Geld. Die kann doch auch mal, zischt Kathi. Und Mona: Genau. Da ist es wieder: Die denkt wohl, sie sei. Und ein anderer: Was Besseres. Vielleicht ist es Olga, die murmelt: Das kleine Fräulein Aber ich.
Der Senfgelbe taktiert, schätzt Ingrid ab. Dann erhöht er den Preis. Ein ungläubiges Raunen. Ingrid errötet, schüttelt den Kopf. Graziella lässt ihre Hand von Ingrids Nacken gleiten und spricht ein schulterzuckendes Machtwort: Wenn sie nicht will, hier wird keiner gezwungen.
Ein Raunen, ein Grollen, die Gruppe tritt auseinander. Sie verschwinden in Ecken, hinter Spiegeln und Türen. Im Weggehen: Was das denn nun soll? Seit wann wird hier keiner gezwungen? Sie haben nicht gesehen, was der Senfgelbe sah. Der Senfgelbe lächelt, bleibt sitzen, er weiß: das Schulterzucken war in Wahrheit ein Zwinkern. Ein Zwinkern, gerichtet an Olga, keiner gezwungen, ein Zwinkern: Wir teilen durch drei.
Ingrid weiß nichts von dem Zwinkern. Sie wähnt sich davongekommen. Atmet auf. Sekundenlang, Adrenalin. Dann

ein Ruck, den Korb mit dem Altglas hoch, damit nach hinten. Ingrid geht durch den Flur, über den Hof, Ingrid tritt unter den Sternenhimmel. Erleichterung, Flasche für Flasche in den Container. Klirren, kalte Nacht. Und als Ingrid sich mit dem leeren Korb in der Hand umdreht, steht Olga in der Tür. Die ist ihr gefolgt. Olga steht da, auf einem Bein, Fuß an der Wade, Ballerina, der Rest Preisboxer:
Du brauchst wohl das Geld nicht.
Das klingt fast nach Mitleid. Vielleicht fragt sie auch eher, heuchelt mit Interesse, Neigung des Kopfes: Sag mal, könntest du das Geld nicht gebrauchen?
So nötig nicht, sagt Ingrid, sie lacht diese Lüge. Sie tritt auf Olga zu, lachend, mit Korb, erwartet, dass Olga Platz macht, vorangeht, der Tresen ist nicht besetzt. Doch Olga macht keinen Platz, hat sie nicht vor. Olga streckt das Bein aus, schreibt mit gestreckten Zehen einen Kreis in den Himmel, legt dann den Fuß auf die Klinke der offenen Tür. Olga versperrt Ingrid den Weg. Zwischen den Beinen, unter dem Rocksaum, entfaltet sich eine Blume, legt sich ihr Inneres frei. Ingrid guckt nicht lange hin.
Also, sagt Olga, und Ingrid denkt immer noch, das sei eine Dehnübung, so nötig nicht. Ein gedehnter Moment, Ingrid blickt in Olgas Augen, in den Himmel über der Stadt.
Hör zu, sagt Olga schließlich, mit Ausrufezeichen. Ich würde es selbst machen, aber er will nun mal dich. Sie wiederholt die Zahl mit einigen Nullen und sagt: Wir teilen durch drei. Ingrid versteht, ist entgeistert. Eine schöne Freundin bist du. Jetzt ist es Olga, die lacht. Das Wort Freundschaft gibt es in meiner Sprache, da, wo ich her-

komme, nicht. Ich schlage vor, du reißt dich zusammen. Etwas in Ingrid erwacht, ist plötzlich hellwach, eine Erinnerung an frühkindliche Wut. Sich auf den Boden schmeißen, strampeln und schreien. Ingrid tobt, schmeißt den Korb weg, dieser elende Pisser, sie will nicht, verdammt, ist das so schwer zu kapieren?
In einer unendlich grazilen Bewegung nimmt Olga das Bein von der Klinke. Sie sieht Ingrid toben, Will nicht nein nein. Eine Weile sieht sie sich's an. Olga hat Erfahrung mit frühkindlicher Wut. Dann, mit einem einzigen Faustschlag, setzt sie das Mädchen schachmatt.
Eine Druckwelle in Ingrids Magen, Ingrid erstarrt, geht in Zeitlupe zu Boden. Ein dumpfes Seufzen, dann Stille, Totale: Es fängt an zu schneien. Ingrids Körper niedergestreckt in der Mitte des Hofes. Umzingelt von Hochhäusern, Mülltonnen.
Olga über ihr, Jetzt hör mir mal zu, Olga kniet über dem Mädchen. Sie flüstert: Ich bleibe auch bei dir, versprochen. Eine Bewegung des Kiefers, ein Knacken, Olga zerbeißt eine Kapsel. Das schmeckt bitter, plötzlich ist das ein Kuss. Wie der Faustschlag hat auch der Kuss nichts mit Freundschaft zu tun. So etwas gibt es in Olgas Sprache sehr wohl: einen küssenden Mund vom Kinn bis zur Nase, einen Schlund, nur viel schöner. Ingrid schlägt die Augen auf und ist völlig verdutzt von diesen zwei Arten jenseits der Freundschaft, so kurz hintereinander. Eine Schneeflocke landet auf Ingrids Auge. Ingrid wundert sich nicht lange. Olga küsst Ingrid, und Ingrid macht mit. In ihrem Bauch schmerzt noch etwas die Faust, aber der Mund ist so weich und groß, der macht das vergessen. Tief ist der Mund, und

in der Tiefe, unter der Zunge liegt etwas verborgen. Etwas jenseits von Sprache, ein Wünschen, ein Wollen. Schmeckt ein wenig nach Nelken. Ingrid lutscht daran, und Olgas Zunge schwillt an. Olgas Zunge wird groß, füllt Ingrids Mund, drängt in ihren Rachen. Ingrid kriegt keine Luft mehr, Ingrid erstickt. Im letzten Moment weicht Olga zurück, reißt ihre Zunge aus Ingrids Mund. Ingrid würgt. Aus dem All Olgas Stimme, Willst du willst du sag dass du willst. Eine Ruhe ergreift von Ingrid Besitz. Die ist eisig und bitter und glitzert, wie Schnee. Fräulein Aber ich schwindet, schmilzt, ist verschwunden.
Olga: Also?
Fräulein Also nun. Olgas Stimme rieselt warm durch Ingrids Körper. Sie wird es machen, na klar. Was ist schon dabei. Wenn alle es wollen, dann sie doch auch. Olga küsst Ingrid, mit frierenden, freudigen Lippen. Im Küssen zieht Olga sie aus. Im Küssen löst Ingrid sich auf. Es ist dann auch nur außen, dass Olga sie führt, durch den rieselnden Schnee. Eigentlich geht Ingrid allein.

Im Schein der Diskokugel Olgas eisblaue Augen, silbern sind die. Olgas Augen zwei Kugeln, die sich drehen und schimmern. Olgas Hände, Knie dich hin, ja, so ist es schön. Ingrid wird aufgebaut. Alle sind da, glotzen im spöttischen Halbkreis. Ingrid wird hingestellt, auf allen vieren, mit hängenden Brüsten, vor den senfgelben Kerl. Der reibt sich die Wampe und grinst. Der denkt, er hat gewonnen. Die Knie etwas weiter, okay. Und immer den Senfgelben ansehen, hast du gehört? Auf den geht die Rechnung, ist gleich vorbei.

Mike tritt heran, wird geführt. Sein Schwanz noch viel größer, mehrfach gespiegelt, gebrochen, zerteilt, aus verschiedenen Ecken, wirft Schatten auf Ingrids Kreuz. Mike scheint zu zögern. Über Ingrids Kopf hinweg aufmunternde Blicke, Olga beteuert, Schon okay, nimm Vaseline. Ingrid sieht den Pisser an, und der blinzelt, Ingrid kurz irritiert. Ein stechender Schmerz. Doch Olgas Hände halten sie fest, je eine Arschbacke, Ist ja schon gut. Aus dem Prinzessinnenfötzchen hängt eine hellblaue Schnur, die schwingt vor und zurück, langsam zunächst.
Ingrid sieht sich um: Edgar und Kathi und Mona und Dean. Die sind gespannt. Olgas Plastiknägel graben sich in Ingrids Nacken, Den Senfgelben angucken, habe ich gesagt. Ingrid tut, wie ihr geheißen, nur dass statt dem Senfgelben Werner dort sitzt. Dem zerreißt das Grinsen beinah die Fresse, Werner legt grinsend die Hand auf den Bauch. Ingrid sieht hin. Das gibt es ja nicht, der Werner erwartet ein Kind. Das jagt Ingrid einen Schauer den Rücken hinauf. Werner trägt Gordan aus, zweite Chance, Bewährung!, vielleicht auch als Mädchen, wie schön! Ein Ruck geht durch Ingrids Körper, die Freude verebbt. Das tut weh. Doch Ingrid muckt nicht einmal. Da sitzt der Pisser und denkt, er habe gewonnen, der denkt, die Rechnung gehe auf ihn. Ingrid beißt die Zähne zusammen, sie lächelt. Die Bretter knarren, sonst ist alles still, Diskokugel, alles ist still bis auf ein leises Schmatzen, das Klatschen von Mikes Eiern an ihrem Arsch. Ingrid öffnet die Augen und blickt in Jennys Gesicht. Wie schön Jenny ist, das hatte Ingrid vergessen. Den Schal hat es ihr über die Schulter geblasen, das Haar aus der Stirn. So rasch ist sie

eingetreten, alles zu spät. Schöne Jenny. Wollte sehen, ob Ingrid in Ordnung, ist Ingrid o – Doch das O bleibt ihr im Hals stecken, zwischen den Lippen. Jenny, o Jenny, Olga sagt ja, alles okay. Dort steht Jenny hinter dem Pisser. Fissuren, haarfeines Reißen, ein Rinnsal Blut: Tod einer Liebe. Durch einen Riss im Vorhang tritt Jenny und kann es nicht glauben. Der Mike ist ziemlich. Bestückt. Gut ist was anderes, in dem Geschäft. Jennys Mund sperrangelweit.

Nein, nein, das ist falsch, das ist die Falsche, alles zurück. Ingrid schließt die Augen und lässt Jenny verschwinden (es tut mir leid). Das leise Knarren der Bretter, Schürfwunden, Splitter in Ingrids Knien. Ingrid öffnet die Augen, seht her. Vor und zurück, Mike gibt den Rhythmus. Der Pisser hat nicht gewonnen, Ingrid macht das, weil sie es will. Und Moritz wird kommen. Dort wird er stehen, wo Jenny stand, groß und stark wie ein Baum. Das Stethoskop wird er abgelegt haben für den heutigen Abend, die weiße Kluft auch. Moritz hat frei, Moritz wird aus freien Stücken hier sein. Er will Ingrid sehen, heute ist der Abend. Sieh mich an, Moritz, wird Ingrid rufen, sieh mich nur an! Ich will!, schreit Ingrid und kommt weiter nicht, was will sie, ihn will sie, hat nie etwas anderes gewollt, es verschlägt ihr die Sprache. Der Schmerz, Ingrid atmet tief ein. Dort wird er stehen und Ingrid erblicken, unübersehbar, wie sie jetzt ist. Der nächste Stoß haut Ingrid fast von den Händen. Ein Riss den Rücken hinauf. Auch Olgas Nägel sind wieder da, Den Pisser ansehen, verdammt. Der lehnt sich nach vorn in seinem Stuhl. Ingrid hat gewonnen, das weiß der nur nicht. Ingrid macht das, weil sie es will. Die Stöße

kommen jetzt schneller. Ingrid hört Graziellas Schritte, das Klirren von Flaschen und Gläsern. Für euch einen Zwanni, hört Ingrid Edgar. Eben stand der noch hier, eben hat er noch mit den andren geglotzt. Über dem Pisser wehen Gesichter herein, Milchbubengesichter, aus der Ferne kannte Ingrid die mal, vor tausend Jahren, als Ingrid noch jung war wie sie. Olgas Nägel graben sich in Ingrids Wangen. Die Stöße, wo bleibt Moritz, gleich ist es vorbei. Und er soll Ingrid doch sehen. Der Atem des Pissers in Ingrids Nase, süßlich und senfgelb. Seine Augen in ihren, glitzernd und hart. Wo bleibt Moritz denn nur? Mikes Atem in Ingrids Nacken, schnell, Moritz muss sich beeilen, gleich ist es so weit. Gleich wird er in der Tür, wo eben noch Jenny. Wer? Ist verschwunden, verzeih mir, okay.
Ja, unter Ingrid ein Flüstern. Ingrid lässt den Kopf fallen und sieht: unter ihr Olga, wie hingegossen und ja. Ja, sagt sie, ja, und öffnet die Lippen. Ein blassrosa Schlund.
Ingrid spuckt in Olgas Mund, ein letzter Stoß, und Mike stöhnt laut auf.

Später ist alles jetzt und vorbei, die Bühne leer, der Pisser am Tresen, die Milchbuben tanzen mit Mona, mit Kathi, Graziella zählt Geld. Später: Ingrid kniet, tropfend und schmatzend, auf Olga. Olga und Ingrid sitzen mit nackten Ärschen im Schnee. Ihre sternklaren Augen, Olga küsst Ingrid und flüstert: Jetzt bist du frei.
Jetzt. Bist du frei.

ACHT

Der letzte Morgen des alten Jahres graut, Nebel verzieht sich. Aus der Tiefe stolpert hinauf, zwei Stufen, ein Mädchen. Es ist über Arme und Beine und Flaschen hinweg und fort, auf Nimmerwiedersehen. Nur einer hat es bemerkt. Der steht an der Tür, unter einer rosafarbenen Schleife, an seinem Platz. Der sieht ihr hinterher und reibt sich mit großen Händen das Kinn. Was sieht er? Ein kunstseidenes, ein leicht beschädigtes Mädchen stolpert dahin, die Straße entlang, man könnte fast meinen, es humpelt. Immerhin hat es die Tasche voll Nullen, das Mädchen hat ein Bündel Scheine für seine Dienste erhalten, er hat es gesehen. Sie wird's überleben, denkt er und hat Ingrid vergessen.

Die Katze sitzt im Hausflur und maunzt. Wer hat dich denn, Ingrid wundert sich müde, hinter ihr fällt die Haustür ins Schloss. Ingrid steigt die Treppen hinauf, schleppt ihren Körper, Stufe um Stufe. Die Katze folgt ihr in kleinen Sprüngen, überholt sie, sieht sich nach Ingrid um. Die Katze will ihr was zeigen, als sei die Katze ein Hund. Sie zeigt Ingrid die Wohnungstür, offen, sie führt Ingrid ins Schlafzimmer. Sich am Türrahmen reibend, die Spitze des Schwanzes in der Luft tanzend, steht die Katze und maunzt.

Gordan liegt auf dem Bett, bäuchlings. Da ist ein Röcheln,

kein Atmen. Wie einer, dem einer. Dem sie die Fresse zertrümmert, mit Fäusten und Ringen und Holz. Das Kissen um Gordans Kopf voller Blut. Ingrid lässt ihre Tasche fallen, Ingrid stürzt auf Gordan zu, dreht ihn auf den Rücken. Oh Scheiße. Brüderchens Gesicht eine Fresse, wie Hackfleisch. Vor lauter Hackfleisch gar keine Augen. Ingrid schreit auf. Gordan sieht außen aus wie Ingrid von innen. Der doppelte Schmerz und ein Schluchzen tief in Ingrids Brust. Ingrid weint, es bricht aus ihr heraus, sie weint und weiß nicht, was tun. Sie tut nichts, tupft nicht, kühlt nicht, nichts. Heult. Die Katze leckt sich die Pfoten. Gordan röchelt. Ein Klackern in seinem Mund reißt Ingrid aus ihrer Starre. Was, wenn er seine Zähne noch hat, wenn seine Zähne, lose, im Mund, wenn Brüderchen seine Zähne verschluckt. Ingrid muss etwas tun, sonst erstickt Gordan vor ihren Augen. Sie fummelt das Telefon aus der Tasche, Scheine fallen zu Boden. Ingrid wählt eine Nummer, drei Zahlen. Wir kommen, heißt es am anderen Ende der Leitung. Dann Tuten. Ingrid schließt die Augen und lauscht.

Männer in Rot, schwere Stiefel, ein großer Koffer, darin eine Nadel für Gordans Arm. Ingrid fällt das Wort ein, Kanüle, mit dem Wort wird ihr schlecht. Sie sieht nicht hin. Sie sitzt auf dem Bett, mit einem Mal ist sie ruhig, das Tuten klingt nach. Um Ingrid herum Menschen, Schatten von Menschen, Bewegung, das Blaulicht kreist an der Zimmerdecke. Ingrid spürt eine Enge in ihrer Brust. Das ist nicht jetzt, das ist immer, denkt sie. Eine Enge, die eine Leere ist.
Ingrid schaut auf, und dort steht er, im Türrahmen, in

Weiß, das Stethoskop um den Hals. Er steht da wie stundenlang, wie für immer und ewig und sieht Ingrid an.
Und Sie?, fragt er mit ganz neuer Stimme. Sind Sie in Ordnung?
In Ingrids Herz (zu Ingrids Füßen) macht etwas Miau. Ingrid nickt, schüttelt den Kopf. In Zeitlupe. In Gedanken: Jetzt schon. Ingrid lächelt. Ingrid blickt ihm lächelnd entgegen, er tritt auf sie zu, streckt die Hand aus nach Ingrids Stirn. Ingrid lässt sich in die Hand fallen, er hält Ingrids Kopf. Stundenlang, für immer und ewig.
Sie müssen sich ausruhen, sagt er, ruhen Sie sich aus.
Diese Stimme, die steht dir ganz gut.
Sie können Ihren Bruder später besuchen.
Weißt du, hier hat sich vieles verändert, aber eigentlich, nichts. Wo warst du so lange?
Als Ingrid die Augen aufschlägt, ist er verschwunden. Autotüren knallen, ein Motor wird angelassen, das Blaulicht schleicht sich zum Fenster hinaus. Sie blickt in den Spiegel, ihr müdes, bleiches Gesicht.
Am Rand von Ingrids Blickfeld klemmt etwas, im Rahmen des Spiegels ein Umschlag. In wolkigen Buchstaben: für Ingrid von Jenny, in Liebe. Ingrid erinnert sich. An Weihnachten, Heilige Nacht, den Tag danach. Jennys Geschenk. Sie hat es hier angebracht, damit Ingrid es findet. Ingrid nimmt den Umschlag aus dem Rahmen und reißt ihn auf. Ein Ticket. Eine gemeinsame Reise. In eine Stadt, die Jenny liebt, glaubt zu lieben, in der Jenny nie war. Eine Stadt aus Jennys Träumen. Ingrid erinnert sich, Gespräche handelten von dieser Stadt. Im Umschlag das Ticket, der Code für die Buchung, die Broschüre eines Hotels. Ein

Bild von der Stadt, jener, aus Jennys Traum, über der Stadt Feuerwerk in allen Farben.
Ingrid blickt auf die Uhr, dann auf das Ticket. Sie rechnet. Sie hat noch zwei Stunden Zeit.
Ingrid greift mit einer Hand nach ihrer Tasche, mit der anderen greift sie die Katze im Nacken. Die Katze empört und erstarrt, kann sich nicht wehren, muss hinnehmen, dass man sie trägt. Die Treppe hinunter und raus. Draußen setzt Ingrid die Katze ab. Die Katze schüttelt sich, sieht zu ihr auf, will wissen, was nun, in dieser Kälte. Mit der Fußspitze stupst Ingrid die Katze an. Na komm schon. Als sich die Katze nicht rührt, nur buckelt und maunzt, setzt Ingrid sich in Bewegung. Sie geht die Straße entlang, fast nicht mehr humpelnd. Ein gelbes Auto biegt um die Ecke. Ingrid winkt, Ingrid steigt ein.

Jennys Platz bleibt nicht frei. Ingrid sitzt eingekeilt zwischen zwei Männern. Ihr Kopf sackt nach vorn, sie schnarcht mit offenem Mund. Der Mann zu ihrer Linken studiert ihren Hinterkopf, er kann den Blick nicht abwenden von ihrem fettigen Haar, Ekel vermischt mit Entzücken. Der Mann zu Ingrids Rechter blickt aus dem Fenster, sieht eine Stadt zwischen Wolken verschwinden, eine andere auftauchen, dazwischen das Meer.

Wenige Stunden später steht Ingrid in einer anderen Zeitzone, am Fenster eines Hotels. Sie trägt ein T-Shirt, das sie in der Lobby gekauft hat. Das T-Shirt behauptet, Ingrid liebe die Stadt aus Jennys Träumen. Um ihren Kopf hat Ingrid ein weißes Handtuch gewickelt. Jenny hat sich nicht lumpen lassen, das Zimmer hat sogar eine Wanne. Ingrid steht am Fenster und trinkt Rotwein aus einer Flasche. Draußen ist es dunkel, Ingrid blickt auf die Stadt hinab. Zwischen ihr und der Stadt schwebt das T-Shirt, ein Gespenst in der Scheibe, ein Gespenst mit knallrotem Herz. Als das Feuerwerk anfängt, ist die Flasche schon leer. Ingrid schläft ein, auf einem Bett groß wie ein Schiff, in der Ferne Feuerwerk, Jubel.

Am nächsten Morgen, in aller Frühe, läuft Ingrid los, in kleinen Kreisen, Quadraten zuerst, um das Hotel, nach und nach umläuft sie den Turm, in dem sie wohnt, in immer größer werdenden Runden. Ingrid läuft mit dem Kopf im Nacken, Ingrid verloren in Schluchten. Die kalte Luft, das Knurren im Magen. Ingrid kauft sich einen Pappbecher Kaffee, sie steht an einer Straßenecke und lauscht der Stadt, die an diesem Tag schläft, bloß leise rattert und hupt. Ingrid sieht eine Gruppe kleiner Frauen in Schwarz, mit Kameras vor den Gesichtern. Sie sieht die Leuchtschriften, Ratten, sie sieht zwei Jungs, die sich küssen, einen Mann mit Koteletten und Hut in einem Taxi. Nur sich selbst sieht Ingrid nicht, wie sie an der Kreuzung steht und in einen Pappbecher pustet, Ingrid sieht sich nicht mehr von außen. Ingrid trinkt einen Schluck, Ingrid läuft weiter, überquert einen Platz, ist auf einmal umgeben von Tauben. Ingrid inmitten eines Schwarms Tauben, den Blick zum Himmel. Ein einziges Gurren und Flattern. Ingrid läuft an diesem Tag, bis ihr Körper vor Kälte schmerzt, sie läuft, bis ihr Schuh sich in einem Gitter verfängt und der Absatz abbricht. Ingrid steht einbeinig, fluchend. Ein Mann winkt ihr zu. Ingrid sieht ihn, sieht das

Schaufenster, in dem der Mann steht, sieht das Produkt. Ingrid zögert, hüpft dann auf den Mann zu, er lacht und hält ihr die Tür auf. Wie auf Kissen verlässt Ingrid später den Laden, sie geht wie auf neongelb leuchtenden Kissen.
Als die Tage im Hotel vorbei sind, beschließt Ingrid zu bleiben, sie beschließt es nicht, bleibt einfach. Sie zieht um in ein Zimmer ohne Wanne, ohne Fenster, mit Fleck an der Wand. In dem Zimmer schläft Ingrid nachts, tagsüber läuft sie. An Maschendrahtzäunen und Mauern vorbei, Schildern, auf einer Säule steht der Entdecker. Ingrid umkreist ihn, überquert auf weißen Streifen die Straße und betritt eine Wildnis mit Felsen und Pfaden, mit Kutschen und Brunnen. Ingrid läuft durch die Stadt, und anfangs sind da noch Worte, Körperteile, anfangs lauern noch glitzernde Augen auf sie. Doch das verliert sich mit jedem Schritt, den sie geht, mit jedem Schritt wird Ingrid leichter. Sie spricht mit niemandem, wenn jemand sie anredet, senkt sie den Blick, als beherrsche sie nicht die Sprache. Rocksäume, Hosenbeine. Unter einem Karton ragt ein Schopf filzigen Haares hervor. Ingrid ist stumm, auch in ihrem Kopf verstummen die Worte, tagelang denkt Ingrid nichts, geht einfach, zieht Linien in den Stadtplan wie Sternenbilder. Die Gesichter der Menschen gleiten durch Ingrid hindurch. Weiter, immer weiter, am Wasser entlang, über Brücken.
Tage vergehen, werden zu Wochen, da erreicht Ingrid die Nachricht. In ihrem Posteingang, die Nachbarin. Dass niemand weiß, wo Ingrid steckt, Ingrid soll anrufen. Am Telefon dann, fast ohne Umschweife: Gabi ist tot. Die Nachbarin hat sie gefunden, auf der Terrasse, da war es zu

spät. Schlaganfall, es knackt in der Leitung, dann hört Ingrid die Nachbarin atmen. Sie wollte wohl, sagt sie, ich weiß auch nicht, Gabi lag neben dem Liegestuhl. Ein Zittern in der Stimme der Nachbarin, und Ingrid weiß, sie kann das jetzt nicht, sie kann jetzt nicht mit der Nachbarin reden. Ingrid legt auf. Sie steht in einer kleinen Kabine in einem kleinen Geschäft und starrt auf das Plakat an der Wand. Eine Weltkugel, drum herum die Tarife. Ingrid starrt die Weltkugel an und erinnert sich plötzlich sehr deutlich, wie Gabrieles Decke sich angefühlt hat, die wollene Decke, kratzig und fest. Sie sieht Gabriele vor sich, auf ihrer Liege, eingewickelt, nur eine Hand und der Kopf schauen heraus. Die Hand hält das Glas mit dem Gin, der Blick geht in Richtung Acker. Grau in grau, der Winter war lang. Ingrid denkt an ihre Mutter und fühlt nichts, Warum fühle ich nichts. Meine Mutter ist tot. Ingrid sagt es sich vor und spürt immer noch nicht, was das bedeutet. Keine Gefühle, nur Bilder, Ingrid sieht alles ganz klar. Sie wird zurückkehren, sie wird nicht für immer verschwunden sein. Es gibt Dinge zu regeln. Ingrid sieht Gordan vor sich, am offenen Grab, in der Hand eine Schaufel mit Sand, sein Gesicht voller Nähte und Narben. Ingrid stellt sich Gordans Gesicht vor, mit Tränen darin, sie stellt sich vor, wie Gordan heult, Rotz und Wasser, in ihren Armen. Zum ersten Mal seit sehr langer Zeit denkt Ingrid an Jenny. Zu ihr gibt's kein Zurück. Ingrid merkt, wie sie schwer wird, Ingrid schluckt. Gordans Tränen, Jenny, die Mutter. Ingrid ist noch nicht bereit für dieses Gefühl. Die Weltkugel auf dem Poster plastisch und rund, als müsste Ingrid nur die Hände zu einer Mulde formen, um sie zu halten. Ingrid fischt nach einem Geldschein in ihrer Tasche. Verlässt die Kabine, will zahlen. Der Mann an der Kasse deutet raus auf die Straße, es regnet. Ingrid zuckt mit den Schultern, doch der Mann insistiert, Nehmen Sie den hier, kostet nicht viel.

Auf der Straße spannt Ingrid den Schirm auf und läuft los, Richtung Süden, da legen die Schiffe ab. Zum ersten Mal, seit sie in dieser Stadt ist, hat Ingrid ein Ziel. Wenn sie zurückkehren muss, soll es so sein. Aber nicht, ohne vorher. Einen Tag lang will Ingrid noch fort sein, hier, heute ist Ingrid Touristin.

Auf der Fähre steht Ingrid an der Reling und blickt ins gurgelnde Wasser. Die Hochhäuser driften davon. Als Ingrid sich in Fahrtrichtung dreht, entlockt der Wind ihr zwei Tränen.

Wenig später, am Fuß einer riesigen mintfarbenen Frau, es regnet nicht mehr. Ingrid hat den Kopfhörer von den Ohren, hat sich die Stimme aus dem Kopf gerissen, die ihr sagt, wo sie langgehen, was sie sehen und denken soll. Sie braucht keine Fakten, keine Zahlen. Ingrid steht einfach nur da, ihr Blick gleitet an den Falten des Gewandes empor. Sternenhaupt, die Miene vorm Himmel, über jeden Zweifel erhaben. Nachdem es so lange still war in Ingrids Kopf, fallen ihr nun Olgas kehlige Worte ein. Jetzt. Ingrid ist. Jetzt ist Ingrid. Sie will sich abwenden, zurückgehen zur Fähre, doch etwas hält sie. Ingrid sieht sich um, überall Menschen mit Kopfhörern, keiner schenkt ihr Beachtung. Ingrid holt Luft, reckt den Kopf, sie richtet sich auf. Legt wie die mintfarbene Frau die linke Hand vor die Brust, streckt die rechte samt Regenschirm in die Höhe.